En brud för Belle Haven

En söt historisk romans om hästar, skandal och funnen familj

Catherine Bilson

Shenanigans Press

Innehållsförteckning

Kapitel ett

Herr Richard Bell hade aldrig trott att han skulle bli så desperat att han sökte en guvernant på ett barnhem. Ändå stod han nu på de nötta stentrappstegen till Duke Street Orphanage, med hatten i handen. Den enkla tegelbyggnaden tornade upp sig framför honom, stram och ogästvänlig, så olik de böljande gröna ängarna på hans egendom i Hampshire, Belle Haven. Men hans döttrar behövde utbildning och vägledning, och han hade uttömt alla sedvanliga alternativ.

Den tunga ekdörren knarrade när Richard klev in, och ljudet ekade i den välvda entrén. En kvarhängande doft av lut och kokt kål låg i luften, varken behaglig eller helt motbjudande, bara institutionell. En ung flicka kom småspringande för att fråga efter hans ärende, och hennes ögon vidgades en aning när hon lade märke till kvaliteten på hans överrock och de blankputsade stövlarna.

"Herr Bell vill träffa fru Hatton", tillkännagav han artigt med en liten nick. "Jag tror att hon väntar mig."

Flickan neg hastigt och skuttade nerför korridoren, hennes steg lät som små trippande slag mot de slitna golvbrädorna. Richard väntade och studerade de strama omgivningarna. Rent men sparsamt; i korridoren fanns inga prydnader, förutom en enda urblekt samplersöm som förkunnade "Charity Begins at Home" med prydliga, om än något sneda, stygn.

"Den här vägen, sir", dök flickan upp igen och pekade mot en öppen dörr. "Fru Hatton tar emot er nu."

Fru Hatton reste sig bakom sitt skrivbord när Richard steg in i det lilla, enkelt möblerade rummet. Hon var en kvinna på kanske femtio, med järngrått hår uppsatt i en stram knut och glasögon vilande på en markerad näsa. Hennes svarta klänning var väl använd men oklanderligt ren, och även om hennes ansikte bar de väderbitna linjerna hos någon som sett mycket elände, var hennes ögon anmärkningsvärt klara och skarpa.

"Herr Bell", hälsade hon. "Jag förstår att ni söker en guvernant."

"Sannerligen, fru Hatton." Richard bugade artigt. "Tack för att ni tog emot mig."

"Varsågod, sitt." Hon gestikulerade mot en trästol mitt emot skrivbordet. "Jag måste medge att jag blev förvånad över att få ert brev. Män i er ställning anlitar vanligen byråer när de söker hushållspersonal."

Richard slog sig ner på stolen och lade hatten i knät. "Jag har prövat byråerna, fru Hatton. Tre olika, faktiskt."

Hon höjde på ögonbrynen och mötte hans blick orubbligt. "Och ni stötte på svårigheter?"

"Ja. Inte med guvernanternas kvalifikationer, utan med deras... sinnelag." Richard tystnade och valde sina ord med omsorg. "Mitt hushåll på Belle Haven är inte helt konventionellt."

"Få hushåll är det, enligt min erfarenhet", svarade fru Hatton torrt. "Även om jag misstänker att ert kan vara mindre konventionellt än de flesta." Hon höjde på ögonbrynen, och något som nästan kunde ha varit ett leende ryckte i mungipan.

Richard log trots sig själv. "Direkt på sak, är ni?"

"Jag har funnit att det spar tid." Hon flätade händerna ovanpå skrivbordet. "Om jag ska rekommendera någon av mina flickor till ert hushåll, måste jag veta vad de kliver in i."

Richard rätade på axlarna. Det här var ögonblicket han hade bävat för, men han visste att det var nödvändigt. "Mina tre döttrar är, juridiskt sett, inte mina döttrar."

Fru Hattons uttryck förblev opåverkat; hon väntade på att han skulle fortsätta.

"Min äldsta, Clara, är mitt avlidna systers barn. Hennes far..." Richard gjorde en paus. "Min syster avstod från att namnge sitt barns far. Tragiskt nog dog min syster i barnsäng. Mina föräldrar valde att behålla Clara och uppfostra henne som sin egen, men de gick båda bort för fyra år sedan. Clara har aldrig känt något annat hem än Belle Haven; jag kunde inte förmå mig att skicka henne därifrån. Jag är den ende far hon någonsin kommer att minnas."

"Jag förstår." Fru Hattons röst mjuknade något. "Och de andra?"

"Anna är min halvsyster. Min fars... snedsprång." Richards käke spändes. "Min mor var inte frisk under flera år och min far sökte tröst på annat håll. Efter hans död kom hans älskarinna med barnet till mig och förklarade att hon inte skulle behålla henne; jag kunde inte vända min egen syster ryggen. Och Eliza, den yngsta, lämnades bokstavligen på min tröskel en vinternatt, insvept i inget annat än en tunn filt."

Richard iakttog fru Hattons ansikte för tecken på den chock eller ogillande han hade kommit att förvänta sig, men hennes uttryck förblev avvägt.

"Så ni har tagit hand om dessa tre barn som om de vore era egna", konstaterade hon snarare än frågade.

"Det har jag. De är mina döttrar i allt som verkligen betyder något", sade Richard bestämt. "De bär mitt namn, döptes som mina döttrar i vår lokala kyrka och kommer alltid att stå under mitt beskydd."

"Och guvernantkandidaterna motsatte sig denna ordning?"

Richard andades långsamt ut. "Efter flera avslag när jag berättade sanningen vid de första intervjuerna, så uppgav jag den inte för byråerna. Den första guvernanten som skickades till oss for inom fjorton dagar och hävdade att hon omöjligt kunde undervisa barn av så 'tvivelaktigt ursprung'. Den andra stannade nästan en månad innan hon förklarade att inget respektabelt hushåll skulle hålla sådana hemligheter. Den tredje..." Han skakade på huvudet. "Den tredje meddelade att *hennes* rykte skulle skadas oåterkalleligt om det kom ut att hon var anställd i ett så skandalomsusat hus."

Fru Hatton tog av sig glasögonen och putsade dem tankfullt med en näsduk. "Och ni tror att någon av mina flickor från barnhemmet skulle vara mer förstående inför er situation?"

"Jag hoppades", medgav Richard. "De har känt av motgångar. Kanske dömer de inte lika snabbt."

"Kanske", medgav fru Hatton och satte tillbaka glasögonen. "Fast jag bör varna er, herr Bell, att många av våra flickor sätter respektabilitet över allt annat. Eftersom de saknar sådan från födseln, bevakar de det lilla de förvärvar med största svartsjuka."

Richard nickade och kände en ny våg av missmod. "Jag förstår."

"Hur gamla är era döttrar?" frågade fru Hatton och bytte spår.

"Clara är sju, Anna fem, och lilla Eliza har just fyllt fyra. Tror jag." Han ryckte på axlarna. "Vi var tvungna att uppskatta hennes ålder när vi hittade henne på trappan." Richard lutade sig lite framåt. "De är kloka, nyfikna flickor, fru Hatton. De förtjänar mer än den hoplappade undervisning som min hushållerska och jag tillsammans kan ge dem."

Fru Hatton studerade honom länge. "Ni förefaller vara en god man, herr Bell."

"Jag försöker vara det", sade han enkelt.

Hon nickade, tydligen efter att ha fattat ett beslut. "Jag vet mycket väl vad som händer med unga flickor som lämnas utan skydd eller vägledning. Den här byggnaden härbärgerar dussintals sådana olycksfåglar." Hon slog upp en liggare på sitt skrivbord. "Jag har två kandidater som kan passa. Fröken Helen Milnes; hon är tjugoett, beläst och har undervisat vid en lokal skola. Och fröken Josephine Clarke, som är tjugotre och har erfarenhet som dagguvernant hos en köpmansfamilj i Cheapside."

Richard kände en liten strimma hopp. "Skulle jag kunna träffa dem?"

"Förvisso. Fast jag skulle vilja föreslå..." Fru Hatton pausade och knackade med fingret mot liggaren. "Vore det inte klokt att låta era döttrar träffa dem också? Barn har en instinkt för sådant."

Richards ögonbryn for upp av förvåning. "Det är precis vad jag hade hoppats på. Guvernanterna ska trots allt bo tillsammans med flickorna. Att de känner sig trygga med varandra förefaller avgörande."

"Just det." Fru Hatton nickade. "När skulle ni vilja ordna dessa introduktioner?"

"Jag hade tänkt ta flickorna till London nästa vecka, om det skulle passa? Skulle vi kunna träffa kandidaterna här?"

"Här skulle vara lämpligt", svarade fru Hatton. "Fast jag bör varna er för att våra utrymmen är anspråkslösa."

"Anspråkslöshet bekymrar mig inte, fru Hatton", försäkrade Richard henne. "Bara elakhet."

Föreståndarinnan nickade gillande. "Då är vi överens. Skulle klockan elva nästa tisdag passa?"

”Utmärkt”, bekräftade Richard och reste sig från stolen. ”Jag kan inte tacka er nog för er omtanke.”

”Jag har ännu inte gett några löften, herr Bell”, varnade fru Hatton och reste sig också. ”Jag måste tänka på vad som är bäst för mina flickor såväl som för er familj.”

”Självfallet. Jag skulle inte förvänta mig något annat. Till på tisdag, då.” Richard kände en genuin optimism för första gången på månader. Kanske hade han äntligen funnit någon som förstod att familj var mer än bara blodsband. Hans döttrar förtjänade inget mindre.

När fru Hatton ledde Richard genom de dunkla korridorerna i Duke Street Orphanage mot bakutgången, kom han på sig med att redan fundera på de möjliga mötena nästa vecka. Utsikten att finna en lämplig guvernant efter så många besvikelser kändes plötsligt mer hoppfull, även om han inte vågade bli alltför optimistisk.

”Er häst står i gränden bakom huset”, förklarade fru Hatton, hennes förnuftiga stövlar gav effektiva klapper mot golvet. ”Vi har ett litet stall för leveranser och för en och annan besökares ridhäst. Inget så storslaget som ni måste vara van vid, kan jag tro.”

”Min smak är enklare än ni kanske tror, fru Hatton”, försäkrade Richard henne. ”Jag tillbringar de flesta dagar i lersolkiga stövlar bland mina hästar.”

Fru Hattons ögonbryn höjdes svagt. "Så pass? De flesta gentlemän av er ställning föredrar att lämna sådant åt sina stallkarlar."

"Jag tror att ni gjorde er efterforskningar om mig, fru Hatton", sade han, och hon besvarade det med ett undanglidande leende. Självklart hade hon det, tänkte han, med växande respekt för henne. Hon ville försäkra sig om att hon inte placerade en av sina skyddslingar i en situation som kunde bli ohållbar.

"Ni är en förmögen man, herr Bell", sade hon.

"Visst, men förmögenheten är tämligen nyligen förvärvad. Min farfar var den som inledde avelsverksamheten på vårt gods Belle Haven, och levererade hästar till militären. Med krigen de senaste decennierna är kvalitetsridhästar i högsta grad efterfrågade."

De kom ut i en smal stallgränd som skilde barnhemmet från ett anspråkslöst stall där bakom. När de närmade sig hörde Richard en mjuk kvinnlig röst sväva ut genom den öppna stalldörren.

"Är du inte en praktfull varelse? Så milda ögon för en så kraftfull skapelse. Åh, men din man är trasslig här, låt mig bara..."

Fru Hattons min hårdnade när hon ökade stegen. Richard följde efter, nyfiken på vem som kunde ta hand om hans sto, Ballerina.

De vek runt dörröppningen och fann en ung kvinna stående vid det bruna stoet. Hon hade ryggen mot dem medan hon drog en borste genom hästens man med mjuka, vana tag. Hon bar barnhemmets enkla grå klänning, och hennes råttbruna hår var uppsatt i en enkel knut i nacken. Trots det anspråkslösa yttre var det något slående över scenen—den massiva hästen stod fogligt under hennes omvårdnad, med huvudet sänkt i belåtenhet medan flickan arbetade.

"Fröken Wilkes!" Fru Hattons röst ven som en piska genom den fridfulla scenen. "Vad tror ni att ni håller på med?"

Den unga kvinnan ryckte till häftigt, tappade borsten och vände sig om. Hennes runda ansikte blossade rött när hon tog in fru Hattons stränga uppsyn och Richards oväntade närvaro.

"F-fru Hatton! Jag skulle bara..." Hon kastade desperata blickar mellan föreståndarinnan och Richard, med bruna ögon vida av bestörtning. "Stallpojken var tvungen att göra ett ärende åt kokerskan, och han bad mig hålla ett öga på..." Hon tystnade under fru Hattons genomträngande blick.

"Fröken Wilkes, ni vet mycket väl att stallarna inte är en lämplig plats för en ung dam", sade fru Hatton skarpt.

"Jag menade inget illa", sade flickan, med rösten knappt över en viskning. "Hon såg bara så storslagen ut, och hon hade en tova i manen..."

Richard lade märke till hur fröken Wilkes undvek att möta hans blick direkt; i stället föll hennes blick tillbaka på hästen, som om hon hämtade tröst ur djurets närvaro. Ballerina, å sin sida, puffade flickan mjukt på axeln och fick henne nästan att stappla till.

"Jag ber så mycket om ursäkt", sade fru Hatton till Richard. "Fröken Wilkes har alltid haft en onaturlig förkärlek för hästar, trots våra försök att styra hennes intresse mot mer passande sysselsättningar."

Fröken Wilkes ryckte till vid ordet "onaturlig", och hennes redan rosiga kinder blev djupröda. Hon dök i en hastig nigning. "Jag ber allra ödmjukast om ursäkt, sir. Jag har gått alldeles för långt."

"Inget ont är skett", sade Richard snabbt, fascinerad av flickans uppenbara kunskap om hästar. "Faktiskt tycks Ballerina ha fattat tycke för er, vilket är ovanligt. Hon kan vara rätt nogräknad med vem som hanterar henne."

Fröken Wilkes kastade en överraskad blick uppåt och mötte hans ögon för första gången. Hennes egna var varmt bruna, som kastanjer nyss fallna ur sina höljen, och nu blanka av återhållna tårar av förlägenhet.

"T-tack, sir", stammade hon, innan hon samlade ihop kjolarna och flydde förbi dem.

Richard följde hennes hastiga reträtt med blicken och lade märke till hur graciöst hon rörde sig trots sin uppenbara oro. "Hon har ett sätt med hästar", konstaterade han.

Fru Hatton suckade. "Fröken Wilkes har alltid dragits till dem, från det att hon kom hit som barn. Vi har försökt avråda från intresset som olämpligt för hennes ställning, men..." Hon skakade på huvudet. "Vissa böjelser är svåra att styra om."

Richard gick fram till Ballerina och lät handen löpa nedför stoets glänsande hals. "Hon har gjort ett fint arbete med Ballerina. Se hur lugn hon är, och hon tycker verkligen inte om främlingar." Han vände sig mot fru Hatton. "Vem är flickan?"

"Theresa Wilkes. Hon kom till oss vid åtta års ålder efter att hennes föräldrar dött i feber. Hon är nitton nu, en god flicka, plikttrogen och vänlig, om än något blyg." Fru Hattons uttryck mjuknade en aning. "Hon hjälper till med de yngre barnen och har visat fallenhet för undervisning, även om hon saknar självförtroende."

"Varför står inte hennes namn på er lista över möjliga guvernanter?" frågade Richard, vars intresse nu var ordentligt väckt.

Fru Hatton såg förvånad ut över frågan. "Fröken Wilkes är ännu inte tjugo, sir. Vår policy är att inte placera flickor i fasta tjänster förrän de uppnått den åldern och skaffat sig erfarenhet genom dagarbete."

Richard nickade eftertänksamt och kontrollerade Ballerinas gjord innan han lossade henne. "Det är synd. Mina flickor tycker om att rida; de har egna ponnyer. En guvernant som kunde rida med dem och uppskatta deras kärlek till hästar vore en stor fördel."

Ett eftertänksamt uttryck drog över fru Hattons ansikte. "Ni menar att fröken Wilkes kunde vara lämplig i ert hushåll på grund av hennes fallenhet för hästar."

Richard nickade. "En guvernant som uppskattar hästar skulle förstå vårt sätt att leva. Belle Haven är inte ett typiskt gods; vi är lika mycket arbetsjordbruk som herrgårdsbostad."

"Fröken Wilkes har ingen formell utbildning som guvernant", invände fru Hatton. "Hon kan läsa och skriva tillräckligt väl och har hygglig hand med räkning och grundläggande geografi, men inget i närheten av de färdigheter man kunde förvänta sig."

"Mina döttrar behöver vänlighet och tålamod mer än de behöver franska verb eller avancerad broderikonst just nu", svarade Richard. "De där förfiningarna kan komma senare. För tillfället behöver de någon som inte dömer dem för omständigheter bortom deras kontroll."

Fru Hatton studerade honom länge. "Ni är fast beslutna att se bortom det konventionella i mycket, eller hur, herr Bell?"

"Jag finner att konventionen ofta saknar fantasi, fru Hatton." Richard log. "Skulle det vara möjligt att låta fröken Wilkes vara med när vi ses nästa vecka? Jag skulle vilja att mina döttrar träffar henne såväl som era andra kandidater."

"Det är högst oregelbundet", sade fru Hatton och rynkade pannan. "Hon är yngre än vi vanligen tillåter och saknar erfarenhet utanför dessa väggar."

"Alla måste börja någonstans", konstaterade Richard.

Fru Hattons motstånd vek synbart. "Fröken Wilkes har få utsikter", medgav hon. "Hon saknar den skönhet som skulle kunna säkra ett äktenskap, och hennes blyghet gör henne illa lämpad för många anställningar. Jag hade tänkt försöka placera henne hos en modist eller sömmerska när hon fyller tjugo."

"Men hon har fallenhet för undervisning, sade ni?"

"Ja", medgav fru Hatton. "Hon är tålmodig med de små, och de avgudar henne. Hon berättar de mest underbara historierna – helt anständiga, förstås", lade hon hastigt till.

"Då vill jag mycket gärna att hon träffar mina döttrar. Om ni är villig att göra ett undantag."

Fru Hatton rättade till sina glasögon och vägde uppenbarligen sitt ansvar gentemot institutionen mot den möjliga möjligheten för Theresa Wilkes.

"Nåväl", sade hon till sist. "Jag ska låta fröken Wilkes ingå i presentationerna nästa tisdag. Men jag ger inga löften därutöver, herr Bell. Om jag bedömer tjänsten olämplig för hennes bästa, kommer jag inte att tveka att säga ifrån."

"Jag väntar mig inget annat. Tack, fru Hatton. Jag ser fram emot vårt möte nästa vecka."

När han red därifrån, kom Richard på sig med att tänka på den blyga unga kvinnan som så varsamt hade tagit hand om hans häst. Londons trafik virvlade runt honom när han styrde Ballerina mot sin stadsbostad, men i tankarna var Richard redan i Hampshire och föreställde sig hur hans döttrar kunde komma att reagera på fröken Theresa Wilkes och hennes kärlek till hästar. För första gången på månader kände han en verklig känsla av att allt var möjligt.

Kapitel två

Under alla sina år på Duke Street Orphanage hade Theresa Wilkes aldrig funnit en plats som kändes mer som hemma än det lilla, hödoftande stallet. Hon lutade sig mot den nötta spilta av trä och andades in den tröstande doften av häst och läder, medan gamle Biscuit, barnhemmets urgamla ponny, puffade med mulen mot hennes handflata efter äppelskrutten hon hade sparat från frukosten.

"Där är du, söte vän", mumlade hon och strök över Biscuits grånande mule när han tog godbiten med läpparna. Hans päls, en gång djupt fuxfärgad, hade bleknat till en matt brun, precis som Theresas eget råttfärgade hår som vägrade hålla lock. "Vi passar ihop, du och jag, eller hur? Båda lite alldagliga, båda förbisedda."

Biscuit frustade lågt, som om han inte höll med, och Theresa log. Morgonsolen silade in genom stallängans dammiga fönster och kastade gyllene mönster över halmgolvet. Utanför hörde hon de yngre barnen på lektion, deras röster steg och föll som avlägsen fågelsång. Snart skulle fru Hatton leta efter henne; lagningsarbete väntade, och den aldrig sinande raden av sysslor som ålåg de äldre flickorna på Duke Street.

Men just nu var det här hennes fristad. De tre spiltorna—numera bara en upptagen—sadelkammaren med sadlar och träns som hängde som bortglömda skatter, och den söta, dammiga luften som på något sätt doftade frihet. Theresa lärde sig rida på Biscuit när hon var liten, undervisad av en gårdskarl som sedan gav sig av för bättre anställning. Nu var det hon som tog hand om den åldriga ponnyn, den enda som kom ihåg att spara sina äppelskruttar och torra brödkanter åt honom.

"Fru Hatton säger att de inte har råd att behålla dig mycket längre", viskade Theresa och tryckte pannan mot Biscuits. "Men jag ska inte låta dem ta dig. Jag ska arbeta hårdare, jag lovar."

Ljudet av hovar mot gatsten avbröt hennes stilla samvaro med hästen. Nyfiken kikade Theresa genom dörren, och hennes ögon vidgades av häpnad när Ben, som skötte stallet när han inte arbetade i trädgården eller sprang ärenden, ledde en häst längs körbanan.

Aldrig i sitt liv hade Theresa sett en sådan häst. Stolt stod stoet där, med konkav nosprofil och välvd nacke som vittnade om arabiskt blod, även om de kraftiga bogarna och bakdelarna talade om tyngre härstamning, med en päls i djup, rödbrun nyans och svart man och svans som föll i kaskader. Redan på detta avstånd såg Theresa klokheten i hästens ögon, de stolta, vaksamma öronen, de fina näsborrarna som vidgades svagt i vårluften.

"Åh", andades hon, och den enda stavelsen rymde mer längtan än hon någonsin skulle våga ge röst åt.

"Fröken", nickade Ben mot Theresa medan han ledde in stoet i stallet. "Den här fina damen ska vänta här medan hennes ägare talar med fru Hatton."

"Jag ser efter henne", erbjöd Theresa snabbt, och rösten lät främmande i hennes egna öron. "Jag är ändå här med Biscuit."

Ben ryckte på axlarna, uppenbart glad över att bli av med ansvaret. "Som fröken vill; kocken bad mig gå till fiskmarknaden. Släpp henne bara inte lös. Hon är värd mer än oss båda tillsammans, skulle jag tro."

Stoet betraktade Theresa med försiktig nyfikenhet, öronen fladdrade fram och tillbaka.

"Hej, vackra", sade Theresa mjukt utan att göra min av att gå närmare. Hon visste bättre än att hasta mot en nervös häst. "Är du inte det ljuvligaste som finns?"

Stoets öron spetsades vid den milda tonen, och Theresa log. Hon började nynna lågt, en vaggvisa som hon svagt mindes från sin allra tidigaste barndom, före barnhemmet. Medan hon nynnade rörde hon sig långsamt, höll kroppen avslappnad och öppen, rörelserna mjuka och utan minsta hot.

Det bruna stoet sträckte ut sin eleganta hals, näsborrarna vidgades när hon tog in Theresas doft. Theresa höll fram sin tomma handflata och lät stoet undersöka henne.

"Jag har tyvärr inget att bjuda på", ursäktade hon sig. "Men jag skulle innerligt gärna göra din bekantskap."

Till hennes förtjusning tryckte stoet sin sammetsmjuka mule mot Theresas handflata och gned sedan sitt stora huvud mot Theresas axel så att hon nästan tappade balansen.

"Oj!" skrattade Theresa och tog stöd mot stolpen vid spiltan. "Du är allt en vänlig en, eller hur?"

Hon strök hästen över halsen och förundrades över den silkeslena pälsen, de kraftfulla musklerna därunder. "Jag önskar att jag kunde rida dig", viskade hon. "Bara en gång. För att känna hur det är att flyga. Jag undrar vad du heter? Något storslaget, kan jag tänka. Prinsessa, kanske. Det skulle klä dig."

Theresa älskade alla hästar, men vem som helst kunde se att det här stoet var kunglighet. Theresa kände sig vördnadsfull bara av att få vara i hennes närhet och tappade tidsuppfattningen medan hon strök stoets blanka päls, upptäckte en tova i manen och hämtade en borste.

Hon var nära att skrika av förskräckelse när fru Hatton snäste hennes namn, och borsten föll till golvet. Den unge mannen med husmodern måste vara den praktfulla hästens ägare; han sade något ganska vänligt, men det enda ord hon verkligen uppfattade var Ballerina. Ballerina hette det ståtliga bruna stoet; ett perfekt namn för en häst som rörde sig som om varje steg vore en dans, tänkte Theresa när hon flydde. Men i stället för att gå tillbaka till huvudbyggnaden som beordrat dröjde hon sig kvar, pressade örat mot det slitna träet, nyfiken på stoets ägare.

Theresa kunde knappt tro på det hon hörde när fru Hatton och mannen talade. Hon? En möjlig guvernant? Att få bo med hästar? Det lät för otroligt för att vara sant.

Rösterna blev högre, Ballerinas hovar klapprade när mannen ledde henne mot dörren, och Theresa visste att hon borde gå innan hon avslöjades med att tjuvlyssna. Hon gömde sig bakom stallet tills de var borta och smög sedan in igen, satte sig på en hög med halm, med tankarna virvlande i häpen overklighetskänsla.

"Aj", sade en röst, och halmen rörde sig under Theresa.

"Men vad i..." Theresa for upp, och en liten gestalt kröp fram under halmen. "Molly!" flämtade Theresa och kände igen sin unga vän. "Vad gör du här?"

Molly Tate log upp mot henne, med halm i det bångstyriga håret och smutsfläckar över det fräkniga ansiktet. Fjorton år gammal var hon lika hästtokig som Theresa någonsin hade varit och smet ut till stallängan så snart hon kan undkomma sina sysslor.

"Samma som du", viskade flickan. "Gömmer mig från sysslorna!"

Theresa öppnade munnen för att säga att det inte var riktigt det hon hade gjort, men stängde den igen. Hon borde inte hitta på.

Mollys ögon var stora av upphetsning. "Theresa, hörde jag rätt? Den där gentlemannen vill att du ska bli guvernant för hans döttrar?"

Theresa skakade på huvudet i förundran. "Jag kan knappt tro det själv. Han överväger åtminstone mig. Men det finns andra med mer erfarenhet, mer utbildning..."

"Men ingen med din hand med hästar!" insisterade Molly. "Såg du hur det där ståtliga stoet tog dig till sig? Som om ni var gamla vänner!"

Trots sin skepsis kunde Theresa inte hejda leendet som spred sig över hennes ansikte. "Hon är den vackraste varelse jag någonsin sett. Så graciös och stolt."

"Och hennes herre är inte direkt svår att titta på heller", fnissade Molly och stötte Theresa i sidan med armbågen. "Såg du de där blå ögonen? Som en sommarhimmel!"

"Molly!" tillrättavisade Theresa, fast hon inte kunde låta bli att skratta. "Han är en gentleman och jag är bara en föräldralös flicka. Dessutom söker han en guvernant, inte en hustru."

"Ändå!" suckade Molly drömmande. "Kan du föreställa dig att vara omgiven av hästar som det där bruna stoet varje dag?"

Theresa tillät sig själv ett ögonblick att se det framför sig; ett liv bortom Duke Street, fyllt av de varelser hon älskade mest. "Det låter ju underbart", medgav hon. "Men jag får inte hoppas för mycket. Fru Hatton har rätt! Jag har ingen utbildning som guvernant."

"Men du hjälper ju till att lära de små här hela tiden", protesterade Molly. "Och du är bäst på att få dem att lyda."

"Det är något annat än riktiga lektioner i skolsalen", sade Theresa, medan verkligheten dämpade hennes tillfälliga drömflykt. "Och hur som helst är det inte hans häst som måste tycka om mig, utan gentlemannen själv. Och hans döttrar.”

Mollys ansikte föll en aning. ”Jag antar att det är sant. Men ändå, Theresa, han frågade efter dig särskilt. Det måste ju räknas för något.”

”Vi får se”, sade Theresa och gav sin unga vän en kläm om axeln. ”Nu bör vi gå tillbaka innan fru Hatton tar oss på bar gärning och ingen av oss får chansen till något bättre än att skura sovsalsgolven i en månad.”

När de smet bort från sitt gömställe kunde Theresa inte riktigt kväva den lilla låga av hopp som tänts i hennes hjärta. Tre små flickor som behövde henne. Och hästar, vackra hästar som det bruna stoet. Det var en dröm alltför ljuv att dröja vid, av rädsla för att den skulle lösas upp som morgondimma. Men för första gången på åratal tillät Theresa sig att föreställa sig en framtid bortom murarna på Duke Street Orphanage.

Kallelsen kom strax efter kvällsmaten, framförd av en storögd flicka på högst sju som andfått berättade för Theresa att fru Hatton önskade se henne på sitt kontor omedelbart. Theresa kände magen dra ihop sig medan hon strök ner sin urtvättade grå klänning, kontrollerade att kragen satt rakt och att håret var så prydligt som dess envetna vågor tillät. Under alla sina år på Duke Street hade en kallelse till föreståndarinnans privata kontor sällan förebådat goda nyheter, även om hon i dag, efter morgonens ovanliga händelser i stallet, vågade undra om det kanske just den här gången kunde vara annorlunda.

"Sade fru Hatton vad hon ville?" frågade Theresa barnet, som hoppade från fot till fot i korridoren.

"Nej, fröken, bara att ni ska komma genast." Flickan dröjde, nyfikenheten tydlig. "Är ni i trubbel, fröken Theresa?"

Theresa fick fram ett leende. "Jag hoppas inte det, Lucy. Spring iväg nu, jag bör inte låta fru Hatton vänta."

När Lucy skuttade i väg drog Theresa ett lugnande andetag. Samtalet hon hade råkat höra på morgonen spelades upp igen i hennes huvud. En gentleman som sökte en guvernant åt sina döttrar. Tanken att hon, alldagliga Theresa Wilkes utan formell utbildning och utan kontakter, kunde övervägas för en sådan tjänst tedde sig fortfarande orimlig. Och ändå hade han uttryckligen bett att hennes namn skulle läggas till listan över kandidater.

Vägen till fru Hattons kontor kändes både för lång och för kort. Theresas tankar rusade före hennes steg; hon föreställde sig vad som kunde sägas, vilka frågor som kunde ställas, vilka svar hon borde ge. När hon nådde den imponerande ekdörren med mässingsskylten var hennes handflator fuktiga av nervös svett.

Hon knackade försiktigt.

"Stig in", kom fru Hattons kärva röst inifrån.

Theresa steg in på kontoret, ett rum hon kanske hade besökt ett dussin gånger under sina nitton år. Det var en plats som speglade fru Hattons karaktär; ordningsam, stram, men inte utan drag som antydde en mjukare natur bakom den rappa ytan. Bokhyllor täckte en vägg, fyllda med volymer om hushållsskötsel, moralisk fostran och några välbläddrade romaner. En märkduk hängde i en enkel ram, broderad med orden: "Den som har fått mycket, av honom ska mycket krävas." Skrivbordets yta var arrangerad med minutiös precision, med bläckhorn, läskpapper och brevbricka var på sin plats.

Själv satt fru Hatton bakom skrivbordet, ryggen rak, det gråsprängda håret stramt uppsatt i en knut i nacken. Hon var ingen vacker kvinna, men dragen var starka och blicken rak. Theresa hade lärt sig respektera hennes rättvisa, även om hon inte alltid uppskattade strängheten.

"Sätt er, Theresa", sade fru Hatton och nickade mot den raka stolen mitt emot sitt skrivbord.

Theresa slog sig ner på kanten av sätet och knäppte händerna i knät för att hindra dem från att fingra. "Ni ville tala med mig, fru Hatton?"

Fru Hatton studerade henne en lång stund innan hon talade. "Jag antar att ni har någon aning om varför jag har kallat er hit."

Theresa tvekade. Skulle hon erkänna att hon hade tjuvlyssnat? Eller låtsas vara ovetande? Hennes naturliga ärlighet tog över. "Jag... jag råkade höra en del av er konversation med gentlemannen i morse, fru Hatton. Om guvernantanställningen."

Till hennes förvåning mjuknade fru Hattons uttryck en aning. "Det anade jag. Ni har aldrig varit den som tar till svek, Theresa, inte ens när det kunde gynna er." Hon suckade. "Ja, herr Richard Bell på Belle Haven har begärt att ni ska övervägas som möjlig guvernant för hans tre döttrar."

Fast hon redan visste det, fick det Theresas hjärta att hoppa till när hon hörde det sägas så rakt på sak. "Jag förstår inte varför, frun. Jag har inga meriter för en sådan tjänst."

"Inga formella, sannerligen", instämde fru Hatton. "Men ni har hjälpt till med de yngre barnens undervisning här, och sir Richard verkade mycket imponerad av hur ni hanterade hans häst." Ett svagt leende rörde vid hennes läppar. "Jag har själv sett er hand med djur genom åren. Det är en gåva, Theresa."

"Tack, frun", mumlade Theresa, osäker på hur hon skulle bemöta den oväntade komplimangen.

Fru Hattons uttryck blev allvarligare. "Innan vi går vidare finns det vissa... känsliga frågor vi måste diskutera rörande denna tjänst." Hon gjorde en paus, som om hon valde sina ord med omsorg. "Sir Richards familjesituation är något ovanlig. De tre unga fröknarna är, strikt talat, inte hans döttrar genom blodsband."

Theresa blinkade förvånat. "Det är de inte, frun?"

"Nej." Fru Hattons fingrar knackade lätt mot skrivbordets polerade yta. "Två av dem är släkt med honom men födda utom äktenskapet, och den tredje är ett hittebarn som han har valt att adoptera. Det finns de i societeten som ser sir Richards beslut att själv uppfostra flickorna, i stället för att placera dem hos en respektabel familj, som... oegentligt."

"Men att ta hand om föräldralösa barn är väl en kristen plikt", sade Theresa, utan att kunna dölja en ton av förtrytelse i rösten. "Hur kan någon klandra det?"

"Världen utanför dessa väggar styrs inte alltid av kristna principer, Theresa", sade fru Hatton torrt. Hon fäste blicken skarpt i Theresa. "Det jag behöver veta, Theresa, är om den här situationen skulle bekymra er. Skulle ni tycka att det var obekvämt att arbeta i ett hushåll där er arbetsgivares rykte kan ifrågasättas av somliga? Där er egen karaktär kan hamna under granskning genom ert sällskap?"

Theresa tvekade inte. "Nej, frun. Det skulle inte bekymra mig alls."

"Ni svarar mycket snabbt", iakttog fru Hatton. "Har ni tänkt igenom vad det kan innebära?"

"Jag har levt hela mitt liv i skuggan av oregelbundna omständigheter, frun", sade Theresa stilla. "Som ni vet var min egen födelse inte... konventionell."

Fru Hatton nickade. "Er mor var ogift. En gentlemans älskarinna, om brevet som följde med er är att lita på."

Theresa hade sett det brevet bara en gång, när hon fyllde sexton och fru Hatton hade ansett henne gammal nog att få veta sanningen om sitt ursprung. Det hade varit kort, skrivet med kvinnlig hand, och förklarade att Theresa var den utomäktenskapliga dottern till en barons älskarinna som dött i barnsäng. Faderns namn nämndes inte, bara att han var en gift man som inte kunde vidkännas hennes existens.

"Ja, frun", bekräftade Theresa. "Så ni ser, jag är knappast i position att döma andra för omständigheter bortom deras kontroll. Särskilt inte barn."

Fru Hattons uttryck mjuknade igen. "Ni har vuxit till en eftertänksam ung kvinna, Theresa. Jag har ofta tyckt att det är synd att er börd har begränsat era utsikter." Hon rätade till några papper på skrivbordet. "Nåväl. Låt oss tala om själva tjänsten."

Under nästa kvart redogjorde fru Hatton för vad som skulle förväntas av Theresa som guvernant på Belle Haven: undervisning av de tre flickorna i läsning, skrivning, räkning, teckning samt hyfs och uppförande. Hon skulle ha ett eget rum i barnkammarflygeln, en halv ledig dag i veckan och en blygsam lön som tedde sig furstlig för någon som aldrig hade tjänat mer än några få slantar på tillfälliga sömnadsarbeten.

"Naturligtvis", avslutade fru Hatton, "måste ni förstå att sir Richard kommer att intervjua flera kandidater. Fröken Milnes och fröken Clarke har mer erfarenhet än ni. Jag vill inte att ni fäster ert hjärta vid denna tjänst bara för att bli besvikna."

Theresa nickade och försökte ignorera den sjunkande känslan i magen. Självfallet. Det hade varit dåraktigt att ens för ett ögonblick föreställa sig att hon skulle väljas framför kandidater med verkliga meriter. "Jag förstår, frun."

"Det sagt", fortsatte fru Hatton, till Theresas förvåning, "har jag skrivit ett rekommendationsbrev där jag framhåller er naturliga hand med barn och er hängivenhet i att hjälpa till med de yngres lektioner här. Och mr Bell verkade sannerligen imponerad av ert samförstånd med hans häst."

Hoppet flämtade till igen i Theresas bröst, en liten låga som hon försökte skydda mot besvikelsens vindar. "Tack, frun. Det är mycket vänligt."

"Det är bara sanningen." Fru Hatton reste sig och gav tecken att samtalet var över. "Herr Bell kommer tillbaka på tisdag med sina döttrar för att intervjua kandidaterna. Bär er söndagsklänning och se till att ert hår är ordentligt uppsatt. Första intrycket spelar roll, Theresa."

"Ja, frun." Theresa reste sig från stolen och neg lätt innan hon vände sig om för att gå.

"Och Theresa", ropade fru Hatton efter henne, "kom ihåg att oavsett om ni får denna tjänst eller ej har ni ett värde som går bortom era födelseomständigheter. Jag har alltid funnit att ni är till heder för Duke Street, trots er förkärlek för att gömma er i stallängorna när ni borde sköta era sysslor."

Theresa vände sig om och blev överraskad när hon såg det sällsynta leendet på husmoderns läppar. "Tack, frun", sade hon, med rösten tjock av plötslig rörelse.

När hon stängde kontorsdörren bakom sig lutade sig Theresa mot korridorväggen ett ögonblick, och tankarna snurrade av möjligheter. Belle Haven. Herr Bell. Tre små flickor som behövde någon som tog hand om dem. Och hästar, vackra hästar som det bruna stoet.

Hon vågade knappt hoppas. Att lämna Duke Street för en sådan tjänst tedde sig alltför likt en saga, och Theresa Wilkes var tillräckligt praktisk för att veta att sagor sällan blir verklighet för enkla, runda flickor utan förbindelser och utan förmögenhet. Och ändå, när hon gick tillbaka mot sovsalen, kunde hon inte riktigt skingra den bild av Belle Haven som hade tagit form i hennes sinne, en plats där hon äntligen kunde höra hemma.

Tisdagen skulle ge besked. Och till dess skulle hon tillåta sig att drömma, bara lite grand.

Kapitel tre

RICHARD BELL STEG UR sin vagn utanför barnhemmets imposanta tegelmurar. Han kastade en blick på sina tre döttrar, vars ögon var stora av nyfikenhet medan de tog in de ovana omgivningarna. Clara, Anna och Eliza var oklanderligt klädda i välsydda klänningar och hättor, var och en prydd med skira spetsbårder som fångade solljuset och kastade invecklade skuggor över deras ivriga ansikten. När de steg ner från vagnen kunde Richard inte låta bli att lägga märke till hur deras dräkter stod i skarp kontrast mot de enkla, grova plagg som bars av de föräldralösa barn som nyfiket kikade ut genom fönstren.

”Kom nu, mina kära”, sade Richard mjukt och tog Elizas lilla hand i sin medan Clara och Anna höll sig fast i skörtet på hans slängkappa. Tillsammans gick de in i barnhemmet, och den tunga dörren gnisslade igen bakom dem och slöt in dem i det dunkelt upplysta innerrummet.

”Herr Bell, välkommen”, hälsade fru Hatton dem med en stel nick när familjen steg in i hennes arbetsrum. ”Jag hoppas att ni hade en behaglig resa?”

”Sannerligen, tack”, svarade Richard, medan de blå ögonen svepte över rummet innan de stannade vid den unga kvinnan som stod bredvid fru Hatton.

”Och god morgon på er också, unga damer.” Ett förvånansvärt varmt leende for över fru Hattons ansikte när hon hukade sig ner för att hälsa på Richards döttrar. ”Jag är fru Hatton. Det är mycket trevligt att träffa er.”

Bara Clara var djärv nog att svara. ”God morgon”, sade hon med liten röst och gjorde en prydlig liten nigning. Anna och Eliza försökte härma sin storasyster, och Richard log kärleksfullt mot dem alla tre.

”Om ni vill följa med den här vägen, så väntar vår första kandidat i musikrummet. Hon är en mycket skicklig musiker, och jag skulle vilja att hon demonstrerade sitt spel för er.”

De följde efter fru Hatton in i ett annat rum, där en ung kvinna reste sig från sin plats vid ett pianoforte.

”Tillåt mig att presentera fröken Helen Milnes, en av våra mest framstående unga damer”, sade fru Hatton med en ton av stolthet. Richard betraktade den vackra blondinen framför sig och lade märke till hennes värdiga hållning och det självsäkra lyftet på hakan.

”Fröken Milnes”, erkände han med en artig nick. ”Vi söker en guvernant som kan undervisa mina döttrar. Skulle ni vara intresserad av en sådan tjänst?”

”Oui, Monsieur”, svarade Helen, och hennes franska brytning var felfri. ”Det skulle vara mig en ära.”

”Berätta för oss om era färdigheter”, uppmanade Richard och sneglade ner på sina döttrar, som stirrade med stora ögon.

”En plus de parler français, utmärker jag mig även i broderi, som ni kan se”, sade Helen med ett blygsamt leende och gjorde en gest mot de fina blommorna som var sydda på hennes krage. ”Jag kan också spela piano och sjunga ganska väl, om jag får säga det själv. Jag har undervisat vid en skola i trakten – St. Matthew's Academy.”

”Skulle ni ha något emot att ge oss en uppvisning?” frågade Richard och gjorde en gest mot pianofortet. Ett äldre instrument, noterade han, men väl omhändertaget.

”Naturligtvis”, samtyckte Helen och förflyttade sig graciöst fram till instrumentet. Hon spelade en mjuk, vaggande melodi och sjöng ackompanjemanget med söt röst, medan fingrarna dansade över tangenterna med van lätthet. Clara och Anna såg på med stora ögon, uppenbart imponerade av hennes talang. Till och med lilla Eliza tycktes ett ögonblick vara förtrollad, innan hennes uppmärksamhet vacklade och blicken åter drogs till leksakshästen som hon höll hårt om i handen.

”Tack, fröken Milnes”, sade Richard när de sista tonerna tonade bort. ”Era färdigheter är sannerligen imponerande.”

"Merci beaucoup, Monsieur", svarade Helen och sänkte graciöst huvudet.

"Fröken Milnes, om jag får fråga", började Richard med eftertänksam blick medan han begrundade den värdiga unga kvinnan framför sig, "vad har ni för tankar om hästar?"

Ett kort ögonblick fladdrade förvåning över Helens fina drag, och ögonen vidgades bara aningen. Hon fann snabbt fattningen och bjöd på ett svagt leende som tycktes dölja en skymt av olust. "Nåväl, herrn, jag måste medge att jag har haft föga med dem att göra", sade hon taktfullt, med den mildaste darrning i rösten.

"Jag förstår", svarade Richard och nickade långsamt medan han sneglade ner på sina döttrar, som tycktes dela hans besvikelse. Hans tankar snurrade i begrundan, och han undrade hur avgörande en kärlek till hästar egentligen vore när det kom till att undervisa och fostra hans flickor.

"Tack, Helen. Följ med här, då", sade fru Hatton raskt och gjorde en gest åt familjen att följa med medan hon ledde dem längs den dunkelt upplysta korridoren. "Nu ska ni få träffa fröken Josephine Clarke."

När de steg in i ännu ett anspråkslöst rum möttes de av synen av en slående ung kvinna med glänsande svart hår som föll i kaskader förbi axlarna. Hennes mörka ögon glittrade av värme och skärpa, och hon log strålande när hon reste sig från sin plats.

"Herr Bell, tillåt mig att presentera fröken Josephine Clarke för er", sade fru Hatton, och rösten antog en formell ton.

"Förtjusad", svarade Richard och nickade artigt medan han iakttog den obestridliga charm som strålade ur den vackra guvernantkandidaten.

"Fröken Josephine är en mycket skicklig konstnär", tillade fru Hatton och gjorde en gest mot ett litet bord täckt av skissböcker och kolpennor.

"Vill ni se?" frågade Josephine med tindrande ögon medan hon såg på Clara, Anna och Eliza.

De tre flickorna nickade ivrigt, och Josephine bläddrade vant fram i en av sina skissböcker och valde en ren sida. Inom några ögonblick hade hon fångat Claras klara ögon, Annas blyga leende och Elizas bångstyriga mörka lockar, och kolstiftet tycktes dansa under hennes skickliga fingrar.

"Åh!" andades Eliza, med sina egna små händer hårt knäppta kring leksakshästen medan hon med vördnad stirrade på porträtten som tog form på sidan.

"Verkligen", instämde Richard och kände en värme sprida sig genom bröstet medan han såg sina döttrars förtjusta reaktioner. "Ni har sannerligen en talang, fröken Josephine."

"Tack, herr Bell", svarade Josephine med en blygsam nigning och med kinder rodnande av glädje. "Det är alltid en fröjd att skänka lycka genom konsten."

Richard kunde inte låta bli att känna att de nu var närmare att finna den rätta för sina flickor, men ändå återstod en avgörande fråga som ännu inte hade ställts. När han kastade en blick bakåt på Helen, som dröjde sig kvar i dörröppningen med ett artigt leende, visste han att en kärlek till hästar mycket väl kunde komma att bli det avgörande. Och så vände han sig, med en beslutsam nick, åter mot

Josephine, ivrig att få veta sanningen om hennes känslor inför de storslagna varelser som hade en så särskild plats i hans hjärta.

"Fröken Josephine, jag måste fråga", sade Richard, "vad har ni för tankar om hästar?"

Josephine lyfte blicken från sin skissbok, och hennes mörka ögon mötte hans med en rättfram blick. "Åh, herr Bell", sade hon utan att tveka ett ögonblick, "jag tycker att de är stora, illaluktande varelser, om jag ska vara ärlig. Jag hoppas verkligen att ni anlitar en ridlärare åt era döttrar om det är vad ni önskar, för jag föredrar att inte komma hästar närmare än sittande inne i baksätet på en stängd vagn."

Richards leende mattades något vid hennes svar, men han nickade förstående. Han visste att inte alla delade hans passion för hästar, och det vore orättvist att vänta sig det av deras tilltänkta guvernant. Ändå kunde han inte låta bli att känna en gnutta besvikelse över Josephines rättframma erkännande, samtidigt som han uppskattade hennes ärlighet.

Medan fru Hatton avskedade Josephine och lämnade rummet för att hämta Theresa, drog Richard Clara, Anna och Eliza åt sidan, med låg och uppriktig röst. "Vad tycker ni flickor om fröken Josephine och fröken Helen?" frågade han och sökte i deras ansikten efter minsta tecken på preferens.

Flickorna utbytte eftertänksamma blickar, och deras miner skuggades av osäkerhet. Det var tydligt att ingen av kandidaterna ännu hade gjort något starkt intryck på dem.

"Fröken Helen sjunger ganska fint, pappa", vågade sig Clara på med försiktig ton medan hon talade om den unga damens färdigheter. "Hon skulle kunna lära oss franska och broderi också."

Anna nickade och tillade: "Ja, hon verkar snäll nog. Jag tror att vi skulle kunna lära oss mycket av henne."

Richard betraktade sina döttrars ansikten och lade märke till deras artiga men knappast entusiastiska uttryck. Hans blick föll på Eliza, som hittills hade varit tyst. "Vad säger du, Eliza?" frågade han mjukt. "Har du några tankar om saken?"

Elizas ansikte ljusnade av att bli inräknad i samtalet. "Jag tyckte om fröken Josephines teckning!" utbrast hon, med tydlig upprymdhet. "Hon fick mig att se ut som en prinsessa!"

Richard log åt sin yngsta dotters entusiasm, och hjärtat värmdes av de små glädjegnistor hon fann i livet. "Ja, hennes konstnärskap är sannerligen imponerande", instämde han och mindes de skickligt utförda skisserna som så hade tjusat hans barn under samtalet.

"Båda damerna har sina förtjänster", funderade Richard och strök sig tankfullt över hakan medan han övervägde flickornas åsikter. "Men ingen av dem tycks dela vår kärlek till hästar, vilket är en viktig del av vårt liv på Belle Haven."

De tre systrarna utbytte blickar, och deras unga sinnen brottades med tyngden i beslutet framför dem.

"Låt oss hålla sinnet öppet tills vi har träffat Theresa", rådde Richard, som anade deras tvekan. "Vi måste välja den som passar vår familj bäst, någon som inte bara kan undervisa er flickor utan också förstår vad som gör vårt hem så särskilt."

"Naturligtvis, pappa", svarade Clara med ögon som glänste av tillit. "Vi vill göra det rätta valet."

"Sannerligen", mumlade Richard, med tankarna redan riktade mot den sista kandidaten till tjänsten som guvernant. Han visste att det inte var någon lätt uppgift att finna någon som inte bara skulle undervisa hans döttrar utan också dela deras förtjusning i hästar, men han fortsatte att hoppas att de snart skulle finna det fulländade tillskottet till sin familj.

Dörren öppnades på nytt, och fru Hatton visade in Theresa i rummet. Jämfört med de två tidigare kandidaterna fanns det något anspråkslöst över henne. Hennes fylliga gestalt och enkla bruna hår och ögon stod i skarp kontrast till fröken Helens och fröken Josephines elegans och mer gängse skönhet.

"Herr Bell, det här är Theresa Wilkes", presenterade fru Hatton med en aning förbehåll i rösten. "Theresa, varför berättar ni inte för herr Bell vad ni kan?"

Theresa tvekade och pillade på fållen av sin klänning medan hon mötte Richards blick. "Nåväl, herrn, jag måste medge att jag inte är synnerligen skicklig i något särskilt", började hon med mjuk men stadig röst. "Jag kan läsa och skriva, och jag kan min matematik, men jag spelar piano blott tillräckligt väl för att kunna ackompanjera mig själv i en visa eller två."

Hon gjorde en paus och drog ett djupt andetag innan hon fortsatte. "Vad teckning beträffar kan jag klara en enkel blomskiss, och mina sykunskaper inskränker sig till raka stygn. Jag är rädd att jag aldrig har haft tillfälle att utveckla några talanger bortom de grunder som krävs av en guvernant."

Richard studerade henne ett ögonblick och lade märke till det uppriktiga uttrycket i hennes varma bruna ögon. Det var något befriande över hennes ärlighet, ett skarpt avsteg från det polerade konstlade som han dittills hade mött. Under den självutplånande ytan anade han en stilla styrka och motståndskraft som väckte hans nyfikenhet.

"Theresa", sade han milt, "det är lovvärt att ni är ärlig om era förmågor. Det är visserligen sant att vi söker en guvernant som kan ge våra döttrar en allsidig utbildning, men det är också viktigt att de får en lärare som är genuin och uppriktig."

Han sneglade på sina döttrar, som betraktade Theresa med nyfikenhet. Även om hon saknade de föregående kandidaternas yttre skönhet och meriter, fanns det en obestridlig värme hos henne som tycktes dra dem till sig.

"Tack, herrn", svarade Theresa, medan en svag rodnad stänkte hennes kinder. "Jag har kanske inte mycket att erbjuda i fråga om meriter, men jag lovar att göra mitt bästa för era döttrar och att alltid vara sanningsenlig mot er."

Rummet föll i tystnad medan Richard begrundade hennes ord och vägde varje kandidats förtjänster mot sin familjs behov. Det var ett svårt beslut, ett som skulle forma deras kommande liv på Belle Haven.

"Får jag tala ett ord med er, herr Bell?" sade då fru Hatton, och han nickade och vände blicken från Theresa.

"Eliza", sade Richard mjukt och nickade mot sin yngsta dotter. "Varför visar du inte fröken Wilkes din nya leksak?"

Det skulle hålla dem sysselsatta ett par ögonblick medan han talade med föreståndarinnan, tänkte han.

Med ett förtjust tjut rotade Eliza i fickan på sitt förkläde innan hon tog fram en liten trähäst som omsorgsfullt hade snidats och målats. Hennes ögon lyste klart när hon höll upp den för Theresa att se, uppenbart stolt över sin dyrgrip.

"Visst är han ljuvlig, fröken Wilkes?" frågade Eliza ivrigt, med en röst som svämmade över av upprymdhet. "Pappa köpte honom åt mig på marknaden förra veckan."

"Det är han sannerligen", instämde Theresa, och hennes egna ögon tändes av äkta entusiasm medan hon knäböjde på den nötta mattan bredvid Eliza. "Får jag titta lite närmare?"

"Naturligtvis!" svarade Eliza och lade den lilla hästen i Theresas utsträckta hand. Medan den unga kvinnan granskade leksaken med stor omsorg, drog ett mjukt leende i hennes mungipor.

"Har han något namn?" frågade hon och mötte Elizas storögda blick med en värme som tycktes utstråla ur hennes innersta själ.

"Jag har inte valt något. Jag är inte så bra på namn."

"Han liknar lite herr Buttons, ponnyn som bor i vårt stall. Du kanske kunde kalla honom herr Buttons!" föreslog Theresa.

Eliza fnissade. "Det är ett lustigt namn. Herr Buttons! Kan du få honom att galoppera?" frågade Eliza med ögon stora av förväntan.

"Naturligtvis", svarade Theresa och förde varsamt leksakshästen längs mattan i en härmning av en graciös galopp, till Elizas stora förtjusning. Fnissandet och glädjen som kom från den yngsta flickan tycktes ha en smittande verkan, ty Clara och Anna såg på med allt bredare leenden och egna skratt.

Fru Hatton drog en suck, och Richard såg på föreståndarinnan och fann henne betrakta Theresa med ett uttryck av tydligt ogillande, förmodligen över det otvungna i att Theresa satte sig ner på mattan för att leka med barnen.

Richard fann det till en ljuvlig scen. Han trodde inte att han hade sett alla tre flickorna skratta så där under hela deras liv, och förvisso inte sedan hans mors bortgång.

"Fröken Wilkes", började han med mild men bestämd röst, "jag måste fråga er om er åsikt i en angelägenhet av stor vikt." Han gjorde en paus ett ögonblick och lät förväntan stiga. "Vad anser ni om hästar?"

Vid denna fråga förvandlades Theresas hela uppsyn. Hennes ögon gnistrade av ett inre ljus, och kinderna rodnade av upprymdhet. "Åh, herr Bell", utbrast hon, oförmögen att tygla sin entusiasm, "jag tror att de är Guds egen skapelse! Jag har aldrig sett en mer storslagen varelse än det bruna stoet som ni red till barnhemmet på i går, och i dag kunde jag inte låta bli att beundra det hänförande paret matchade svarta som drog er vagn. De är sannerligen andlöst vackra varelser."

Rummet tycktes hålla andan när Theresa slutade tala, med ögonen ännu gnistrande av glöden i hennes kärlek till hästar. Richards döttrar utbytte blickar, och deras upprymdhet hölls med nöd och näppe inom anständighetens stränga ramar. Claras fingrar ryckte mot den spetskantade näsduken, medan Annas fötter slog en ljudlös takt mot de polerade golvtiljorna. Eliza höll hårt om sin leksakshäst, med ögon stora och fulla av förundran.

”Tack, fröken Wilkes”, sade fru Hatton med sval och behärskad röst och avskedade Theresa med en nick. Den unga kvinnan neg och lämnade rummet och stängde dörren mjukt bakom sig.

Så snart klinkan klickade på plats, vände sig Richard mot sina döttrar med frågande höjda ögonbryn. Alla tre flickorna nickade åt honom, med ansikten som lyste av entusiasm. Det var sannerligen en sällsynt syn att se dem så eniga i sin önskan.

”Fru Hatton”, började Richard med fast men mild röst, ”jag har fattat mitt beslut. Jag skulle vilja anställa fröken Wilkes som vår nya guvernant.”

”Fröken Wilkes?” upprepade fru Hatton, och hennes ögonbryn böjde sig av förvåning. ”Men herr Bell, vore inte någon av de andra kandidaterna mer lämpad?”

Richard skakade på huvudet, med ett litet leende krusande läpparna. ”Nej, jag tror att Theresa är det rätta valet för oss. Ni förstår, hon tycker om hästar, och det förefaller som om mina döttrar tycker om henne.”

”Men herrn”, invände fru Hatton, medan händerna fladdrade oroligt vid hennes midja, ”hur beundransvärd hennes hågenhet för hästar än må vara, så är den knappast en merit för en guvernant. Hur är det med hennes bildning, hennes färdigheter? Vore inte någon av de andra unga damerna bättre lämpad att vägleda era döttrar i deras studier?”

”Fru Hatton”, svarade Richard med fast men ändå vänlig röst, ”mina döttrars utbildning är förstås viktig för mig.

Men det de behöver mest just nu är någon som kan dela deras passioner och förstå dem på ett djupare plan. Theresas kärlek till hästar och hennes genuina entusiasm är något som mina döttrar kan knyta an till, och det kommer att hjälpa dem att växa, inte bara i sina studier utan också som människor.”

”Nåväl, herr Bell”, suckade fru Hatton och gav sig. ”Jag ska vidta de nödvändiga åtgärderna för fröken Wilkes avresa.”

”Tack, fru Hatton.” Richard log varmt mot föreståndarinnan innan han vände sig mot sina döttrar, med ögonen lysande av förväntan. ”Clara, Anna, Eliza – jag tror att vi har funnit någon verkligt särskild för vår familj.”

Flickorna strålade tillbaka mot honom, och deras samtycke var lika klart som solskenet som strömmade in genom fönstret. Och när de lämnade barnhemmet på Duke Street den dagen visste Richard att han hade fattat det rätta beslutet för sina flickor, och för den framtid som de alla skulle dela tillsammans.

Kapitel fyra

RICHARDS BLÄNKANDE SVARTA VAGN rullade fram till barnhemmet på Duke Street följande eftermiddag, och de stora hjulen skramlade mot kullerstenen. Theresa stod vid ingången och tryckte sin anspråkslösa mattväska mot bröstet. Hjärtat rusade av både förväntan och oro när hon tog in synen framför sig.

"Theresa, min kära", sade fru Hatton, och det strama uttrycket mjuknade för ett ögonblick när hon kom ut för att ta avsked av sin skyddsling. "Jag har köpt två nya, enkla grå klänningar åt er, några förkläden och ett par nya skor." Hon räckte Theresa ett prydligt inslaget paket som innehöll den standarduniform Duke Streets flickor bar när de gav sig ut mot sina nya liv.

”Tack, fru Hatton”, svarade Theresa, med en röst som knappt var mer än en viskning. Hon lade försiktigt ner paketet i sin mattväska och kände tyngden av sitt nya liv i det.

”Var rädd om dig, Theresa”, sade Helen, vars blonda lockar ramade in hennes vackra ansikte. ”Vi kommer att sakna dig här.”

”Sannerligen”, instämde Josephine, med ögonen fyllda av nyfikenhet. ”Du måste skriva till oss och berätta allt om ditt nya liv.”

”Naturligtvis”, lovade Theresa och omfamnade de andra flickorna, en efter en. Deras förbryllade uttryck var tydliga; de kunde inte riktigt fatta hur deras stillsamma, anspråkslösa vän hade lyckats säkra en så eftertraktad tjänst, när båda två var mer kvalificerade för den. Men det fanns en uppriktig värme i deras farväl, och Theresa kände tacksamhet för deras stöd.

”Theresa!” ropade en yngre röst från dörröppningen. Molly kom farande nerför trappstegen, med ögonen lysande av avund. ”Jag kan inte fatta att du ska bo bland alla de där hästarna! En vacker dag hoppas jag att jag ska ha lika mycket tur som du.”

Theresa log och sträckte sig fram för att omfamna den enda vän som delade hennes passion. ”Molly, kära du, jag tvivlar inte ett ögonblick på att du en dag ska finna din egen väg till lycka. Och vem vet? Kanske väntar det hästar på dig också.”

"Tack, Theresa", viskade Molly och kramade henne hårt. "Du glömmer väl inte bort oss?"

"Aldrig", lovade Theresa, och en klump steg i halsen. "Vet du, Molly, det är en sak jag behöver att du gör för mig, något mycket viktigt."

"Vad som helst, Theresa", svarade Molly ivrigt, med ögonen stora av förväntan.

"Ta hand om herr Buttons åt mig", viskade Theresa, i hopp om att fru Hatton inte skulle höra. "Han kommer att behöva någon som håller honom sällskap, och jag kan inte tänka mig någon bättre lämpad än du."

Mollys ansikte lyste upp inför ansvaret som anförtroddes henne, och hon nickade ivrigt, om än med en sidoblick mot föreståndarinnan. "Jag lovar, Theresa. Jag ska ta allra bästa hand om honom."

"Tack, kära du", viskade Theresa, gav Molly en sista omfamning och steg sedan in i den väntande vagnen. När hon sjönk ner på den mjuka sitsen tittade hon ut genom fönstret på det enda hem hon någonsin känt.

Barnhemmet tornade upp sig i hennes synfält, och dess kärva tegelmurar mjuknade av minnen av skratt och vänskap. Hon svalde tillbaka tårarna som hotade att rinna över, väl medveten om att detta avsked var bitterljuvt. Även om livet innanför de där väggarna varit långt ifrån lätt, hade vännerna hon funnit där varit hennes familj, den enda hon någonsin haft.

"Farväl", mumlade hon stilla, mer till sig själv än till någon annan. Hjärtat rusade av en blandning av rädsla och förväntan när det okända bredde ut sig framför henne likt ett okänt hav. Men djupt inom sig visste hon att hon inte fick låta sin bävan hindra henne från denna sällsynta möjlighet.

När hästarna började dra vagnen framåt lutade Theresa sig ut genom fönstret för en sista glimt av barnhemmet och det liv hon lämnade bakom sig. Vinden drog lekfullt i hennes bruna lockar och torkade tårarna som envist klamrade sig fast vid kinderna.

"Var rädd om dig, Theresa!" ropade Molly och vinkade vilt från dörröppningen medan vagnen rullade iväg. "Och glöm inte att skriva!"

"Lova mig att du tar hand om herr Buttons!" ropade Theresa tillbaka, med en röst som knappt hördes över smattret av hovar och hjul mot kullersten.

"På hedersord!" Mollys svar nådde hennes öron just som barnhemmet försvann ur sikte och lämnade Theresa med en bitterljuv värk i bröstet.

Hon drog ett djupt andetag och vände blicken framåt, fylld av nyfikenhet och förundran när de gav sig av mot hennes nya liv. Det förflutna hade kanske varit fyllt av vedermödor och sorg, men framtiden rymde oändliga möjligheter, och Theresa var fast besluten att gripa varje tillfälle som kom i hennes väg.

Solen var just på väg att sjunka under horisonten när Theresa närmade sig sitt mål, stadsresidenset i Mayfair där herr Bell bodde med sin familj när han vistades i London.

Hjärtat fladdrade av förväntan när hon tog in synen. Även om det på intet sätt var en prålig bostad, var det ändå ståtligare än något hon någonsin känt till.

"Fröken Wilkes", sade Richard och bjöd henne armen när han hjälpte henne ner från vagnen. "Välkommen till ert nya hem."

"Tack, herr Bell", svarade hon stilla och höll sin lilla mattväska hårt i den andra handen.

När de steg in i huset slogs Theresa genast av värmen och hemtrevnaden där inne. Den fylliga doften av stekande kött svepte ut från köket, och ljudet av skratt ekade genom salarna.

"Åh, där är ni ju!" utropade en kvinna i sena femtioårsåldern, med stålgrått hår och en till synes ständig bister min. "Suppén är snart färdig, och flickorna har frågat efter er utan uppehåll."

"Fröken Wilkes, det här är fru Blythe, vår barnsköterska", presenterade Richard, även om Theresa gissade det redan av hennes strama uppsyn.

"Trevligt att träffa er, fru Blythe", sade Theresa och bjöd på ett blygt leende.

"Detsamma, förmodar jag", muttrade den äldre kvinnan utan att riktigt möta hennes blick. "Låt oss nu komma till supén innan vi får ett utbrott eller några tårar."

Theresa följde efter fru Blythe uppför trappan och in i ett ombonat litet rum, där tre uppspelta små flickor redan satt vid bordet. Deras ögon lyste upp så snart de fick syn på henne, och de började bombardera henne med frågor om hennes resa och hennes liv på barnhemmet.

”Lugn i stormen, flickor. Låt fröken Wilkes hämta andan”, förmanade fru Blythe, men Theresa fann deras iver ganska intagande.

”Tack”, mumlade Theresa, och kinderna hettade när hon slog sig ner. ”Jag är bara glad att få vara här med er allihop.”

”I morgon åker vi hem till Belle Haven!” utbrast Clara. ”Vi kan inte bärga oss tills vi får visa dig alla hästarna!”

”Jag längtar så efter att få träffa dem!” svarade Theresa ivrigt, med ögonen gnistrande av förväntan.

Allteftersom måltiden fortskred märkte Theresa hur hon så småningom slappnade av i de små flickornas sällskap. Deras pladder var en välkommen avledning från hennes egna farhågor, och när desserten serverades kändes det som om hon känt dem i åratal.

När det var dags att gå till sängs hjälpte Theresa fru Blythe att stoppa om flickorna och lyssnade medan de viskade om sina planer för morgondagens äventyr. När de väl kommit till ro ledde fru Blythe Theresa till hennes eget lilla rum. Det var inget märkvärdigt, men det var rent och bekvämt, och Theresa uppskattade att ha ett utrymme för sig själv.

”Tack, fru Blythe”, sade Theresa när barnsköterskan önskade henne god natt. ”Jag vet att vi kom på kant med varandra till en början, men jag hoppas att vi kan arbeta tillsammans för flickornas skull.”

”Kanske det”, medgav fru Blythe motvilligt, och den bistra minen mjuknade en aning. ”Vila nu, barn. I morgon är en stor dag.”

Därmed stängde den äldre kvinnan dörren bakom sig och lämnade Theresa ensam med sina tankar. När hon lade sig ner på den smala sängen kunde hon inte låta bli att undra vad framtiden bar i sitt sköte för henne på Belle Haven.

När Theresa sjönk ner i den mjuka madrassen drog hon den tjocka filten över sig och förundrades över dess värme. Rummet var kanske litet, men det var förvånansvärt bekvämt, med fint broderade gardiner som ramade in fönstret och en liten vas med vildblommor på nattduksbordet. Trots all kroppslig bekvämlighet förblev dock sömnen henne onådig. Hon vred och vände sig och lyssnade till de ovana ljuden när stadshuset i Mayfair sjönk in i sömn, och nattvakten hade ropat ut midnatt innan hon till sist slumrade in.

Morgonen kom alltför snart, och en trött Theresa gnuggade sig i ögonen när en piga knackade på hennes dörr för att väcka henne. Hon klädde sig snabbt i en av sina nya grå klänningar och skyndade nerför trappan.

"God morgon", hälsade Richard henne med ett varmt leende när hon steg in i frukostrummet. "Jag hoppas att ni sov gott."

"God morgon, sir", svarade Theresa, och kinderna hettade en aning när hon mindes sin oroliga natt. "Mycket bekvämt, tack", sade hon, en liten vit lögn, ty hon vågade inte klaga.

"Åh, det är alltid svårt den första natten på en ny plats", sade han visligt, innan han med en gest bjöd henne att förena sig med familjen vid bordet, där en magnifik anrättning av ägg, bacon, svamp och stekt potatis serverades på stora fat, jämte rostat bröd och marmelad. Theresa stirrade, häpen inför ett sådant överflöd. På barnhemmet vid Duke Street fanns det visserligen alltid gott om mat – något hennes egen rundlagda gestalt vittnade om – men det var enkel kost, och frukosten bestod inte av mer än gröt och vanligt bröd. Tveksamt tog hon lite bacon och en sked äggröra på sin egen tallrik och nickade en smula nervöst när en piga erbjöd sig att slå upp en kopp te åt henne.

Under måltiden pladdrade de små flickorna ivrigt om sin resa till Belle Haven, medan Theresa lyssnade uppmärksamt. Efteråt begav de sig ut till den väntande vagnen, och Theresa kunde inte låta bli att lägga märke till Richards vackra bruna sto som väntade tålmodigt på sin herre. Det livfulla djuret tycktes ivrigt inför färden, och vid synen lyfte Theresas hjärta, så att tröttheten för ett ögonblick var glömd.

"Hon heter Ballerina", upplyste Clara, som lagt märke till Theresas beundran för hästen. "Pappa rider henne överallt."

"Ballerina är ett vackert namn", sade Theresa med ett varmt leende mot barnet. "Det passar henne mycket väl, för hon rör sig som en dansös. Har ni egna hästar?"

"Självklart!" inflikade den yngsta, Eliza, med ögonen lysande. "Vi har varsin ponny. Och det finns så många andra hästar på Belle Haven! Du ska få se!"

"Eliza talar sanning", bekräftade Richard medan han hjälpte upp varje flicka i vagnen och räckte även Theresa handen, så att hon hann bli överraskad. "Vi har ett fint stall och många hästar för avel och ridning."

När vagnen satte sig i rörelse, med Richard ridande Ballerina vid sidan, berättade flickorna ivrigt för Theresa om varje häst de kände, deras namn och deras lynnen. De talade med sådan kärlek och ömhet att det stod klart för Theresa att dessa barn avgudade djuren lika mycket som hon själv. Deras iver var smittsam, och trots sin sömnbrist kände sig Theresa upplivad av deras gemensamma passion.

Medan landsbygden rullade förbi svällde Theresas hjärta av tacksamhet och förundran. Hon hade kanske lämnat det enda hem hon någonsin känt, men i denna nya värld av böljande kullar och själsfränder vågade hon hoppas att hon äntligen skulle finna sann lycka.

Ju längre de färdades från London, desto fortare tycktes milen passera. Några timmar in på resan stannade vagnen vid ett pittoreskt värdshus inbäddat bland träden, där friska hästar väntade på dem. Richard satt av Ballerina och gick fram till vagnen.

”Allesammans ut”, ropade han glatt. ”Vi vilar här en stund och tar något att förfriska oss med innan vi fortsätter.”

”Kom nu, fröken Wilkes”, manade lilla Eliza, tog Theresa i handen och ledde henne in i det ombonade värdshuset.

Theresa förundrades över hur sömlöst hon hade tagits emot av dessa barn; deras värme och förtrolighet fick henne att känna att hon hörde hemma. I den svagt upplysta gästsalen på värdshuset smuttade de på söt lemonad och knaprade på smöriga kex, och deras skratt blandades med rösterna från andra resande.

”Är vi snart framme i Belle Haven, pappa?” frågade Clara, med ögonen lysande av iver.

”Lite mer än halvvägs”, svarade Richard, med en antydan till stolthet i rösten. ”Några timmar till, så är vi hemma.”

”Fröken Wilkes, ni kommer att älska det där”, sade Anna och strålade upp mot Theresa.

”Er entusiasm är smittsam!” utbrast Theresa, oförmögen att hålla tillbaka sin egen iver längre.

Resten av resan tycktes passera på ett ögonblick, medan flickorna fortsatte att dela berättelser om sitt älskade hem. När vagnen slutligen stannade framåt sena eftermiddagen kände Theresa ett pirr av förväntan. Hon kunde inte låta bli att flämta till vid den syn som bredde ut sig för hennes ögon när en lakej öppnade vagnsdörren. Belle Haven var en vidsträckt byggnad i grå sten, vars storslagenhet mjukades upp av murgrönan som klättrade uppför väggarna och de böljande kullarna av grönt gräs som omgav den. Det var sannerligen en syn hämtad rakt ur en saga.

”Välkommen hem, fröken Wilkes”, förkunnade Richard och räckte fram handen för att hjälpa henne ner från vagnen.

”Tack, herr Bell”, svarade Theresa, med en röst knappt mer än en viskning medan hon fortsatte att ta in den magnifika utsikten.

”Titta, Theresa!” ropade lilla Eliza och drog i hennes ärm. ”Hästar!”

Vart Theresa än såg fanns det hästar; ston som betade med ystra föl vid sin sida, deras pälsar glänsande i det gyllene eftermiddagsljuset. De föreföll alla rundlagda och väl omhändertagna, ett vittnesbörd om Richards hängivenhet och kärlek till dessa magnifika varelser.

”Se här”, sade Richard, med ögonen busigt glittrande när han spände läpparna och utstötte en skarp vissling.

Till Theresas häpnad kom en praktfull fuxfärgad fullblodshingst galopperande över kullarna, med man och svans flygande efter sig likt en flod av eld. Synen tog andan ur henne, och hon kunde knappt tro sin lycka att få vistas på en sådan plats.

”Är han inte magnifik?” frågade Richard, med rösten fylld av stolthet.

”Fullkomligt hänförande”, instämde Theresa, med sina bruna ögon vidöppna av förundran.

”Han heter Hermes”, inflikade Clara, uppenbart ivrig att dela med sig av sin kunskap om familjens hästar. ”Han är vår snabbaste löpare.”

”Skulle ni vilja träffa honom, fröken Wilkes?” erbjöd Richard, och hans blå ögon betraktade henne noga, kanske på jakt efter minsta tecken på bävan.

”Verkligen?” Theresas hjärta svällde av glädje vid tanken på att få lära känna varenda en av dessa vackra djur. ”Jag skulle känna mig hedrad, herr Bell.”

”Då är saken avgjord”, svarade Richard, med ett varmt leende på läpparna. ”Vi ska göra ordentliga presentationer i morgon bitti.”

Medan de gick mot herrgården kunde Theresa inte låta bli att känna att hon hade funnit sin plats i världen – en plats där hennes kärlek till hästar kunde blomstra sida vid sida med den ömhet och kamratskap som hennes nyfunna familj erbjöd. För varje steg på det mjuka gräset under fötterna kände hon sig allt mer upprymd inför de äventyr som väntade henne på Belle Haven.

"Tack, herr Bell", viskade hon, med rösten fylld av tacksamhet. "Tack för att ni skänker mig denna möjlighet."

"Tänk inte mer på det, fröken Wilkes", svarade Richard, och lät handen för ett ögonblick snudda vid hennes axel till tröst. "Ni kommer att uträtta stora ting här, det betvivlar jag inte ett ögonblick."

Med de orden ekande i sitt hjärta såg Theresa tillbaka på hästarna som betade fridfullt på fälten, och kände det som om hon äntligen funnit en plats att kalla hem.

"Snälla, pappa", bönföll Clara. "Kan vi inte visa fröken Wilkes stallet nu? Hon har ju inte ens fått träffa våra ponnyer än!"

Richard rufsade kärleksfullt om Claras hår, med de blå ögonen fulla av överseende. "Det börjar bli sent, min kära, och vi har just kommit hem. Ni behöver allesammans ett bad, och sedan blir er kvällsvard färdig och då är det läggdags."

"Men pappa", inflikade Anna, med sina hasselbruna ögon vidöppna och bedjande, "Theresa älskar hästar precis som vi! Eller hur, Theresa?"

"Det gör jag sannerligen", svarade Theresa, oförmögen att hålla tillbaka sitt leende när hon blickade ut över de vackra djuren som prickade landskapet. Hennes hjärta längtade efter att få utforska stallet och träffa varje häst personligen, men hon förstod Richards resonemang.

"Ser ni?" sade Eliza och drog i Richards arm. "Hon vill också gå nu!"

"Tålamod, lilla vän", rådde Richard milt, med ett ömt leende lekande i mungiporna. "Morgonen kommer snart nog."

När Richard lämnade dem för att föra Ballerina runt till stallet tillsammans med vagnen, smög sig flickorna intill Theresa, med ögonen gnistrande av bus. "Fröken Wilkes", viskade Clara, "skulle du vilja smita ut med oss efter kvällsvarden och ta oss till stallet?"

Theresa tvekade, och kände äventyrets rus pulsera genom sina ådror. Hur hon längtade efter att förena sig med flickorna på deras nattliga utflykt! Men hon visste att det inte vore klokt att bryta mot reglerna tillsammans med dem redan första dagen. Skulle hon vinna deras respekt och leda dem rätt, måste hon föregå med gott exempel.

"Flickor", sade Theresa mjukt men bestämt, "jag förstår er iver, men det är viktigt att vi lyder er far. Vi måste vänta till i morgon bitti."

Flickorna suckade, med besvikelsen tydligt målad i ansiktena, men de nickade samtyckande. När de återvände in i herrgården kunde Theresa inte låta bli att känna en stolthet över sitt beslut. Även om frestelsen att bryta mot reglerna varit stark, visste hon att det till sist skulle visa sig fördelaktigt att stå på sig, för att vinna flickornas förtroende och respekt. "Men", fortsatte Theresa med ett mjukt leende, "jag lovar att vi går ut allra först i morgon, redan före frukost, för att besöka stallet. Vi gör ett äventyr av det, om ni vill."

En kör av uppspelt skratt fyllde rummet när Clara, Anna och Eliza klappade händerna av förtjusning.

"Verkligen, fröken Theresa?" frågade Clara, med ögonen lysande som polerade safirer.

"Sannerligen", bekräftade Theresa, och hjärtat svällde av ömhet för flickorna. "Men bara om ni alla lovar att sova gott i natt och vara redo för vår dag tillsammans."

Flickorna nickade ivrigt, och deras tidigare besvikelse dunstade bort likt morgondaggen under solens varma strålar.

"Nåväl", sade Theresa och reste sig från stolen, slätande ut vecken i sin enkla grå klänning. "Då blir det bad, kvällsvard och säng. Kom ihåg, ju förr vi sover, desto förr kan vi besöka era älskade hästar."

Flickorna kilade uppför den ståtliga trappan, och deras fnitter ekade genom herrgården medan de försvann nerför korridoren. Theresa kunde inte låta bli att le åt deras entusiasm, och hennes nerver gav sakta vika för förväntan inför morgondagens äventyr.

När Theresa drog sig tillbaka till sitt eget anspråkslösa rum, sedan hon sett flickorna i säng, gjorde omgivningarnas främmande karaktär det svårt för henne att somna. Men medan hon låg där i mörkret och lyssnade till det avlägsna prasslet av löv utanför fönstret, lät hon sig drömma om stallet och hästarna som väntade henne vid gryningen. För stunden hade hennes liv på Belle Haven sannerligen börjat.

Kapitel fem

De första morgonstrålarna hade knappt börjat
jaga kylan ur stallet när Richard steg in. Han andades in
den välbekanta doften av hö och läder, en trösterik arom
som talade om jordnära skönhet och landsbygdens enkla
glädjeämnen. Hans stövlar ekade mjukt mot kullerstens-
golvet, ett rytmiskt ackompanjemang till de stilla frust-
ningarna och hovarnas skrap.

”Fröken Theresa?” sade Richard, med en ton av mild
förvåning när han rundade hörnet och fann sina döttrars
guvernant bland ponnyerna, långt innan hushållet i vanli-
ga fall rörde på sig för frukost.

”Herr Bell!” utbrast Theresa och vände sig mot honom, med kinderna rosiga av den krispiga morgonluften. Hennes bruna ögon gnistrade av barnslig förundran, i skarp kontrast till hennes vanligen reserverade sätt. ”Jag stod bara och beundrade ponnyerna. De är förtjusande små älsklingar.”

”Det är de verkligen”, höll Richard med och såg hur Elizas ponny puffade mot Theresas öppna handflata. Synen värmde hjärtat; Theresa, som livet inte alltid hade varit vänligt mot, delade ett ögonblick av ren glädje med varelser så oskuldsfulla och fria.

”Elizas ponny tycks ha fattat stort tycke för er”, noterade Richard med ett leende och tog ett steg närmare.

”Han heter Duck”, sade Theresa, och hennes skratt bubblade fram som en melodi som dansade i den svala luften. ”Jag kunde knappt tro det när Eliza berättade det. En ponny som heter Duck, det är alldeles bedårande.”

Richard skrattade med henne, och ljudet blandade sig med duvornas mjuka kutter uppe på bjälkarna. ”Ja, Eliza har ett unikt sätt att se på världen”, funderade han, med värme i bröstet vid tanken på sin yngsta dotter. ”Hon vidhåller att det inte finns något bättre namn för en ponny som vaggar mer än han travar.”

”Då är Duck sannerligen passande döpt.” Theresa sträckte ut handen och strök ponnyns rufsiga man, varsamt. ”Jag har aldrig sett barn knyta an till djur som era döttrar gör.”

”Nå, djur har ibland en förmåga att förstå oss bättre än vi förstår oss själva”, svarade Richard och lutade sig nonchalant mot en trästolpe, med blicken kvar på Theresa.

"De kan vara de tålmodigaste lärarna och de trognaste vännerna."

"Något säger mig att era döttrar har lärt den filosofin av sin far", sade Theresa, med ett mjukt leende på läpparna, men i ögonen fanns en skymt av vemod.

"Kanske", medgav Richard och unnade sig ett ögonblicks stolthet. "Men jag misstänker att ni också har en naturlig fallenhet för dem."

"Kanske", mumlade Theresa och lät blicken fladdra nedåt en sekund innan hon mötte hans igen. "Jag har alltid drömt om att vara nära hästar, känna styrkan och smidighet under mig. Men drömmar är just det för vissa av oss, flyktiga och onåbara."

"Drömmar är frön som verkligheten kan spira ur", sade Richard, med en beslutsam glimt i sina klarblå ögon. "Och det förefaller mig som att ni skulle uppskatta hästarnas sällskap lika mycket utanför de här stallen."

"Utanför? Ni menar..." Theresa lät orden rinna ut, uppenbart bestört, medan hon stirrade på honom.

"Varje varelse förtjänar chansen att springa fritt under öppen himmel", sade han, med ord som bar löftets tyngd. "Och ni, Theresa Wilkes, är inget undantag. Kan ni rida?"

"Nå... jag brukade rida den gamla ponnyn på barnhemmet ibland", sade Theresa. "Men... det fanns ingen damsadel, så jag satt bara på tvären barbacka och... egentligen inte", erkände hon när hans läppar krusade i mungiporna.

"Då börjar vi från början", förklarade Richard. "Efter frukost i morgon sätter vi igång. Jag ska undervisa er själv, precis som jag har gjort med mina döttrar."

”Åh, jag...” började Theresa protestera, men tystnade när hon såg hans beslutsamma uttryck. Till sist neg hon lätt. ”Jag ska se mycket fram emot det.” Hon såg sig omkring. ”Och nu, om ni ursäktar mig. Jag skickade in flickorna för att tvätta händerna före frukost; jag måste hinna ifatt dem och börja lära känna deras rutiner och bedöma var de befinner sig i sin utbildning.”

Richard bugade kort och såg henne stanna till för att klappa Ducks mjuka mule en gång till innan hon lämnade stallet. Med en sned grimas följde han efter henne in i huset.

”God morgon, herr Bell”, hälsade hans hushållerska, fru Babcock, när han tog av sig stövlarna i hallen.

”God morgon, Babby.” Han log retfullt mot henne. Fru Babcock hade varit hushållerska på Belle Haven redan innan han föddes. En tanke slog honom, och han stannade till. ”Babby. Vi har väl några koffertar med kläder som tillhörde min mor och min syster uppe på vinden, har vi inte?”

”Det har vi sannerligen.”

”Skulle det kunna finnas några ridkostymer där som går att sy om för att passa vår nya guvernant? Jag vill att hon ska kunna rida ut med flickorna.”

”Jag är säker på att det finns något, sir.” Fru Babcock tvekade, och sade sedan försiktigt: ”Fröken Wilkes är väl, uh, mer rundlagd än fröken Alice var, Gud vila hennes själ, men jag är säker på att det finns något av er mors som kan duga.”

”Ordna det, tack”, bad Richard. ”Före i morgon bitti, om det är möjligt. Jag tänker ge henne en ridlektion vid den här tiden i morgon.”

Hushållerskan sänkte respektfullt huvudet, och Richard fortsatte med raska steg mot matsalen och frukosten, med ett leende när han hörde de ljusa, flickaktiga rösterna sorla. En del skulle ha hållit sina barn i barnkammaren vid måltiderna, men Richard föredrog vida sina barns sällskap framför att äta ensam. Han stannade utanför dörren, tyst på strumplästen, när han hörde Clara ställa sin nya guvernant en utmanande fråga.

”Är ni inte orolig för skandalen, fröken Theresa?”

Theresa stannade med tekoppen halvvägs till läpparna, ställde sedan varsamt tillbaka den på fatet och såg på Clara. Den äldsta flickans ögon glimmade av utmaning.

Nu kommer det, tänkte Theresa. *Det första riktiga provet.* Flickorna hade prövat henne kvällen innan, bett henne bryta en regel, och hon hade visat dem att hon inte skulle vika sig för deras skull. Nu skulle de pröva hennes lojalitet mot dem.

Theresa förstod det fullt ut. Fru Hatton hade inte berättat exakt hur många guvernanter som hade kommit och gått – kanske visste hon inte – men tjänsteflickan som väckt Theresa den morgonen hade muttrat cyniskt att det inte var mycket idé att lära känna henne, för hon skulle sannolikt vara borta inom en vecka.

”Jag är inte rädd för skandal, Clara”, sade Theresa lugnt. I det klara morgonsolskenet lät hon blicken svepa över de tre små flickor som satt på rad mitt emot henne. Det kunde inte vara mer uppenbart att de inte egentligen var systrar. Clara – Richards systers utomäktenskapliga dotter – var den enda som alls liknade honom, med sina blå ögon, även om hon hade gyllene hår i stället för hans mörkbruna. Modern till Anna, hans oäkta halvsyster, måste ha varit kinesiska, för Annas silkeslent, spikrakt svarta hår, gyllene hy och snedställda gyllenbruna ögon skrek rakt ut om härkomst från det landet. Och den yngsta, Eliza, hittebarnet som lämnats vid kyrkans altare, hade djupt brun hud och ögon och tätt lockigt svart hår som tydde på att en eller båda hennes föräldrar kom från Afrika eller kanske Karibien.

”Ingen stannar”, sade Anna med liten röst. ”Oavsett hur duktiga vi försöker vara.”

”Ibland tar de en titt på mig och går sin väg för att jag är brun och ful”, sade Eliza, med tårar som steg i ögonen, och Theresas hjärta brast för dem. Hon for upp, gick runt bordet och böjde sig för att dra Eliza in i en kram.

”Du är inte ful, du är vacker! En av mina bästa vänner är brun, visste ni det? Hon heter Molly och hennes föräldrar kom från Indien, men de dog och hon kom till barnhemmet. Ni har sådan tur som har en far som älskar er alla och ser till att ni aldrig behöver gå till en sådan plats, och nu har ni mig också.” Hon sade det med hetta, sträckte ut en hand för att dra in även Anna i sin famn, och plötsligt klev Clara ur sin stol och kramade henne om midjan.

"Ni kommer inte att lämna oss?" sade Anna, med darr på rösten.

"Aldrig", lovade Theresa. "Jag stannar tills ni alla är vuxna och gifta med egna barn, och då blir jag *deras* guvernant så att ni aldrig behöver förlora mig." Halsen snörptes åt av tårar hon vägrade fälla. De här små flickorna hade redan förlorat för mycket.

Ett svagt ljud vid dörren fick henne att titta upp och se Richard stå där. I ett kort ögonblick fick hon panik och trodde att hon hade gått för långt, men han mötte hennes blick och formade "Tack" med läpparna.

Theresa harklade sig och blinkade bort svedan i ögonen. "Nu kommer er far för att äta frukost med oss, så alla, var snälla och sätt er. Clara, det är alldeles för mycket sylt på den där rostmackan, det är inte bra för dig. Skrapa bort lite, tack."

"Ja, fröken Theresa", sade Clara fogligt och gav henne en nästan dyrkande blick, och Theresa visste att hon hade vunnit den första striden om flickornas lojalitet och förtroende. Fler skulle komma, sannolikt när hon öppnade matematik- eller historieböckerna och bad dem ta i och arbeta, men hon hade fått en god start. Och hon kunde se på leendet på sin arbetsgivares läppar att han var nöjd med hennes insatser.

Följande morgon kom Theresa ut till sin lektion efter frukost, med de tre flickorna efter sig. De slog sig ner på en bänk framför stallet. Theresa bar en mörkgrön ridklänning som hastigt hade sytts om för att passa henne, och ett par åldrade stövlar som husföreståndarinnan hade trollat fram någonstans ifrån. Hon kände sig obekväm och den bylsiga kjolen svängde kring benen: hon höll upp den med ena handen, osäker på vad hon skulle göra med allt tyg.

Morgonluften var sval och kryddad med den jordiga doften av hö när Richard ledde ut Ballerina på gårdsplanen. Den brunskäckiga stoets andedräkt puffade i mjuka moln som sömlöst blandade sig med dimman som låg kvar över marken. Theresa, som stod vid stenbågen in till stallen, såg på med stora, häpna ögon.

”Er egen häst?” frågade hon, knappt över en viskning.

”Sannerligen”, svarade Richard och klappade Ballerinas hals ömt. ”Hon är trygg och har burit mig igenom många knepiga situationer. Jag litar fullkomligt på henne, och det kan ni också göra.”

Theresas blick fladdrade över det graciösa stoet, som stod tålmodigt och väntade, med en damsadel placerad på ryggen. Theresa tog ett halvt steg tillbaka, händerna knöt ihop tyget i kjolen.

”Herrn, det kan jag omöjligen...”

"Snälla?" Hans ton bar en varm uppmuntran. "Jag insisterar. Det vore mig en ära att ge er den här lektionen."

"Men att rida... ett så ädelt djur. Jag fruktar att jag saknar fallenhet." Hon var plötsligt mer rädd för att på något vis göra Ballerina illa med sin klumpighet än för att falla av och skada sig själv.

"Åh, men jag har sett er med ponnyerna", sade han, med ett leende som spelade kring läpparna. "Hur ni talar med dem, hur de trycker mulen mot er hand för att få mer av er ömhet. Ni har ett naturligt sätt, Theresa. Det är en sällsynt gåva."

Hennes fingrar snuddade vid Ballerinas släta päls, och stoet buffade tillbaka mot hennes hand. Längtan hon kände var för djup för att döljas, och hon var säker på att Richard kunde se den i hennes ansikte. Ändå tvekade hon, tyngd av en känsla av ovärdighet som höll hennes beslutsamhet förankrad.

"Verkligen", invände hon svagt, "jag vill inte göra mig besvärlig."

"Besvärlig? Aldrig", försäkrade Richard henne. "Det är ett rent nöje."

Han sträckte ut handen mot henne, en inbjudan tydlig i hans blå ögon. Theresas andning hackade till, fångad mellan livet hon hade känt och det som vecklade ut sig framför henne. Med ett trevande steg framåt lade hon sin hand i hans, och värmen i hans grepp stärkte hennes mod.

"Nåväl", medgav hon, och den svagaste darrningen i hennes röst förrådde hennes upprymdhet. "Om ni är säker."

"Aldrig varit säkrare", sa han, medan han ledde henne till uppsittningspallen och knäppte med fingrarna. Ballerina följde dem till pallen utan att han ens hade handen på tyglarna, en perfekt tränad bild av tålamod när hon ställde sig bredvid Theresa. "Nu börjar vi."

När Richard instruerade Theresa i grunderna för uppsittning började hennes första bävan avta. Varje ord från honom var en livlina kastad över avståndet till hennes tvivel. När hon till slut satte sig i sadeln tycktes världen omkring henne både vidgas och skärpas på en och samma gång. Till och med ridkostymens bylsiga kjolar verkade plötsligt falla rätt när hon väl satt i sadeln.

"Ser ni?" sa Richard och tog ett steg tillbaka för att betrakta henne med stolthet. "Ni är naturlig, Theresa."

"Kanske", svarade hon, och mungiporna kröktes uppåt. Ett skratt, lätt och obekymrat, undslapp henne när hon tog in sin nya utsikt från Ballerinas rygg. Hennes hjärta slog hårt av svindlande möjligheter, och glädjen fick hennes ansikte att lysa upp.

"Håll ryggen rak, och håll inte i för hårt", instruerade Richard med lugnt, tryggt tonfall. "Lita på Ballerina – hon vet vad hon gör."

Theresa nickade och tog in varje ord medan hon justerade sin hållning. Hon kände stoets muskler spännas och slappna av under sig, en levande dans som hon nu var del av. Hon tog upp tyglarna som Richard anvisade och släppte ut en trevande andning, och hennes fingrar slöt sig precis lagom för att känna förbindelsen mellan hennes vilja och hästens lydiga gensvar.

"Skritt på", viskade hon, och Ballerina lydde, med steg som var avsiktliga och säkra.

Ett förtjust andetag undslapp Theresa när de rörde sig tillsammans, en känsla olik allt hon hade upplevt tidigare: den rytmiska gungningen, den mjuka skumpningen, vinden som viskade hemligheter i hennes öra. Hennes första rädsla försvann och ersattes av en våg av självförtroende som for genom hennes ådror som eld.

"Se på er, fröken Theresa!" utropade Clara och klappade i händerna.

"En riktig ryttarinna", konstaterade Richard, med en ton av stolthet som fick Theresa att rodna av förtjusning.

När hon red längs staketet kastade hon en blick ner på flickorna, vars ansikten strålade av glädje och speglade den upprymdhet som bubblade i hennes eget bröst. Världen från Ballerinas rygg var en gobeläng vävd av nya strukturer och nyanser, där varje tråd avslöjade livets enkla under.

"Låt ländryggen röra sig lite friare", rådde Richard medan han gick parallellt med dem, och hans blick vek aldrig från Theresas gestalt. "Känner ni hur hon skjuter er från sida till sida i skritten, när bakdelen förs fram? Låt er följa den rörelsen. Ni är lite stel."

Hon försökte slappna av, och Ballerina svarade med att förlänga steget, och deras rörelser kom i takt i en skir balett. Theresas hjärta tog höjd, och skratt vällde över hennes läppar, en klang rik av upptäckten av hennes egen förmåga.

"Bra! Utmärkt!" uppmuntrade Richard, och Theresas leende fördjupades, medan ögonvrårna veckade sig av ren, ohämmad lycka.

"Nu kan ni rida med oss varje dag!" ropade Anna av förtjusning och hoppade upp och ner av iver.

"Åh, det vet jag inte", sa Theresa med ett litet skratt. "Jag är säker på att er far behöver Ballerina; jag kan inte ta henne från honom."

Richard fnös avfärdande. "Theresa, jag har femtio hästar här som jag kan rida. Några av dem mår faktiskt väl av min närmare uppmärksamhet! Jag litar inte på någon annan häst än Ballerina att ta hand om er; från och med nu står hon till ert förfogande."

Theresas mun föll öppen av häpnad över sådan frikostighet. "Åh, men... jag..." stapplade hon.

"Säg att ni vill, fröken Theresa!" bönföll Eliza, med lockarna studsande när hon nickade ivrigt. "Duck skulle tycka om sällskapet", lade hon till med den allvarliga uppriktighet som bara ett barn som tillskriver ponnyer kamratskap kan uppbåda.

Theresas skratt kom som en spröd kaskad när glädjen strömmade genom henne. "Nå, om det är för att göra Duck nöjd", retades hon och sneglade på Richard och såg skrattet speglas även i hans ansikte. "Så tar jag gärna emot."

"Antingen jag eller någon av mina betrodda stallskötare kommer alltid att rida med er", lovade Richard.

"Tack", sa hon tacksamt. Även om några kunde se det som brist på tilltro till henne, visste Theresa att hon skulle vara glad att alltid ha sakkunnig hjälp tillgänglig ifall hon råkade i svårigheter, eller, värre, om något av barnen skulle få problem med sin ponny.

"Nu", sa Richard med ett leende, "prövar vi trav."

Kapitel sex

MORGONLUFTEN VAR KRISPIG, KYLAN nöp Theresa i kinderna när hon slog sig till rätta i Ballerinas damsadel med en lätthet som vittnade om övning och växande självsäkerhet. Sex veckor hade gått sedan hennes första ridlektion, och stoet svarade nu på hennes beröring med en gammal väns självklarhet. Runt dem sjöd Belle Havens stall av liv; det mjuka gnäggandet från hästar och det viskande prasslet av halm under fötterna.

"Titta på dig, Theresa!" utropade Eliza medan hon, med hjälp av en stalldräng, kravlade upp på den sävliga Duck. "Du är vig som en katt!"

”Ja, verkligen”, instämde Clara. ”Jag slår vad om att du skulle kunna rida om herr Thompson nu. Han river alltid översta bommen när han hoppar.”

Theresa skrattade, och ljudet blandade sig med den krispiga morgonluften. ”Åh, det är jag inte så säker på”, svarade hon blygsamt, även om hjärtat svällde av flickornas beröm. ”Men jag tackar er för ert förtroende.”

Med en lätt tryckning med hälen travade Ballerina fram, hennes gång mjuk och lugnande. Theresa rätade på ryggen, drog djupt efter andan och smackade med tungan för att be stoet att galoppera.

När de närmade sig det lilla hindret högg det till av förväntan i Theresas bröst. Förr hade ett sådant hinder fått rädslan att skena i henne, men nu fanns där bara hänförelse. När Ballerina samlade sig under henne tycktes världen stanna upp, och i den bråkdelen av en sekund var Theresa fri från allt utom hoppets lyft och landning.

”Upp, upp!” uppmuntrade hon mjukt.

Ballerina tog språnget, och de flög tillsammans, landade behändigt på andra sidan. Ett jubel bröt ut från barnen som tittade på, och deras klappande händer fick glädjen att studsa runt i hagen.

”Bravo, fröken Theresa!” ropade Clara, hennes förtjusning smittsam.

”Tack, mina kära”, sade Theresa och klappade Ballerinas hals medan de red i en cirkel tillbaka. Hennes kinder glödde av triumf – en känsla som blivit en kär följeslagare sedan hon kom till Belle Haven.

Ändå smög sig, mitt i morgonens munterhet, en skugga in i Theresas hjärta, en påminnelse om att denna dag markerade att hon fyllde nitton. Födelsedagarna på barnhemmet hade varit fattiga; inga tårtor eller band, bara en enda bit lakrits från föreståndarinnan, besk-söt på tungan. Men det var skratten och de delade viskningarna under täcket som hon kom på sig själv med att längta efter, samhörigheten mellan flickor som förstod världens likgiltighet.

”Mår du bra, fröken Theresa?” frågade Anna och lade huvudet på sned av oro. ”Du ser lite ledsen ut.”

”Alldeles utmärkt, tack”, svarade Theresa och bjöd på ett leende som inte riktigt nådde ögonen. ”Nu rider vi. Är ni redo allihop?” Theresa tillät sig ett stilla ögonblick medan Anna och Clara satt upp på sina ponnyer, och blicken dröjde vid horisonten där egendomens gröna väv rullade bort. Trots all den sorg som vidrörde henne denna dag kunde hon inte förneka den värme som omslöt henne här, känslan av att höra till som trängde in i märgen. Belle Haven hade blivit hennes ankare, och tanken på att någonsin lämna dess famn tedde sig ofattbar.

”Grattis på födelsedagen, Theresa”, viskade hon till sig själv, en privat bekräftelse av hennes resa. Och med det drev hon på Ballerina, och valde att jaga dagens glädje i stället för att dröja i det förflutnas skuggor.

Morgonsolen spillde sitt gyllene ljus över hagen medan Theresa såg Bell-systrarna fladdra runt i trädgården och sätta upp band och girlander inför den yngsta systerns födelsedag. Luften var fylld av doften från nyutslagna blommor och det avlägsna skrattet som vinden bar med sig.

”Fröken Theresa”, ropade Eliza, rösten bubblande av iver, ”tycker du att serpentinerna ska vara här, eller där borta vid pilen?”

”Vid pilen, skulle jag säga”, svarade Theresa med ett leende åt flickans iver. ”Det blir allra mest förtrollande.”

När hon gick fram för att hjälpa till anslöt sig Clara med en liten korg vildblommor. ”När fyller du år, fröken Theresa?” frågade hon oskyldigt medan hon ordnade kronbladen.

Theresa tvekade, och en mjuk suck undslapp hennes läppar. ”Det var faktiskt förra veckan”, erkände hon med blicken dröjande vid blommornas klara färger.

”Förra veckan!” flämtade Anna. ”Och vi firade det inte?”

”Och vi sade inte ens grattis”, tillade Clara, med kinderna blossande av bestörtning.

”Det är verkligen helt i sin ordning”, försäkrade Theresa dem, rörd av deras omtanke. ”Jag är bara glad att få vara här med er alla.”

”Det går inte alls för sig”, insisterade Anna, hennes ungdomliga rättspatos orubbligt. ”Vi måste gottgöra det.”

”Sannerligen”, höll Eliza med. ”I morgon ska bli din dag också!”

Innan Theresa hann invända for flickorna i väg och viskade planer sinsemellan. Hon följde dem med blicken medan en öm värme spred sig i bröstet, och kände hur en familjs trådar vävde sig kring hennes hjärta.

Några veckor senare fann Richard Theresa i stallet, där hon borstade Ballerina, vars päls glänste under hennes omsorgsfulla hand. Han lutade sig mot dörrkarmen och beundrade hur lätt hon hade funnit sig till rätta i livet på Belle Haven.

"Theresa", ropade han, rösten stadig men färgad av en aning förväntan.

Hon vände sig om, de bruna ögonen nyfikna. "Ja, herr Bell?"

"Jag har något till er." Bakom ryggen tog han fram en vackert arbetad damsadel, läderarbetet utsökt och formen elegant.

"Är den till mig?" flämtade Theresa, med händerna för munnen i vantro.

"Det är den", sade Richard och klev närmare för att räcka henne den. "Ni har tagit er an ridningen som fisken i vattnet, och den där gamla sadeln gör knappast er skicklighet rättvisa."

"Herr Bell, jag … jag vet inte vad jag ska säga", stammade Theresa och lät fingrarna följa sadelns intrikata sömmar.

"Säg att ni fortsätter rida med oss", föreslog han varmt. "Och kanske hjälper mig att träna hästarna. Er naturliga fallenhet skulle kunna vara ovärderlig."

"Träna hästarna?" upprepade hon, med undran i rösten.

"Just så. Vi lär kavallerihästarna att förbli lugna mitt i höga ljud, och att vänja dem vid en damsadel är till nytta. Ni skulle vara ett utmärkt föredöme i varsamhet och behärskning."

"Herr Bell, detta är den vänligaste gåva", sade Theresa med rösten tjock av känslor. "Jag skulle vara hedrad att hjälpa till på alla sätt jag kan."

"Då är det avgjort", förkunnade Richard, med ett leende som veckade sig i utkanten av hans blå ögon.

När han lämnade henne med den nya sadeln svällde Theresas hjärta av en känsla av mening och tacksamhet.

Theresas dagar på Belle Haven blev mer levande och väldoftande för var dag som gick. Morgnarna tillbringade hon i sadeln, och de krispiga höstvindarna rufsade om hennes råttbruna hår medan hon förde hästarna över hindren med en grace som dolde hennes en gång ringa börd. Stridshästarna svarade på hennes varsamma hand, deras massiva kroppar gled under henne med dansares elegans.

”Lugnt nu, Bucephalus”, kuttrade hon till en hingst som förr varit skygg, och förde honom lugnt förbi skramlet av kastruller och stekpannor som Richard satt i scen för att pröva hästens mod. ”Du är en modig pojke.”

”Fröken Wilkes, ni har verkligen handlag med dem!” ropade Richard, med beundran som färgade rösten där han stod och såg på från räcket.

Eftermiddagarna förde med sig lektioner med flickorna, där Theresas tålmodiga handledning vårdade inte bara deras unga sinnen utan också de späda skotten till ett systerskap dem emellan. Hon kom ofta på sig själv med att le när Clara rabblade sin multiplikationstabell eller när Anna triumferande tydde ett särskilt knepigt ord i läsningen.

”Så här, fröken Wilkes?” frågade Anna en dag, med pannan rynkad i koncentration medan hon ristade noggranna bokstäver på sin griffeltavla.

”Precis så, min kära”, svarade Theresa, rösten full av stolthet.

Vinterns skärpa förde julen med sig och svepte in Belle Haven i ett magiskt skimmer som tycktes stråla från varje snökyssad sten.

”Titta, fröken Wilkes!” utropade Eliza och drog i kjolen på Theresas klänning medan hon ledde henne till den resliga julgranen i stora hallen. ”Pappa satte en stjärna högst upp!”

”Gjorde han det?” förundrades Theresa och lät blicken vila på det glittrande tecknet som krönte granen.

”Sannerligen, det gjorde jag”, inflikade Richard och trädde fram ur skuggorna med en glimt som påminde om stjärnljuset självt. ”Och det är bara passande, för ni har varit vår ledstjärna, Theresa.”

”Herr Bell, jag ... jag vet inte vad jag ska säga”, stammade hon, medan den välbekanta blygselns rodnad färgade hennes kinder.

”Säg ingenting”, svarade han varmt och ledde henne att ansluta till kretsen av familj och vänner som samlats kring pianot. ”Var bara här med oss.”

När melodin till ”Good King Wenceslas” fyllde rummet lät Theresa blicken svepa över de ansikten som upplystes av det flämtande ljusskenet – flickorna som sjöng hämningslöst, fru Babcock som nynnade falskt med, och Richard som betraktade henne med ett outtalat löfte om fler jular som väntade. I det ögonblicket, med tonerna som svävade upp mot takbjälkarna och skrattet som ekade mellan väggarna, insåg Theresa att hon hade funnit sin plats i världen – inte som en ensam föräldralös, utan som en älskad medlem av denna utvalda familj.

”God jul, fröken Wilkes”, viskade Anna och smög sin lilla hand i Theresas.

”God jul, mina älskade”, viskade Theresa tillbaka, hjärtat sprängfyllt medan hon kramade deras händer i sina.

Och medan snön fortsatte falla stilla utanför och bäddade in världen i tystnad, ljöd glädjen på Belle Haven klar och sann, och befäste Theresas nyfunna känsla av hemmahörighet.

Efter nyåret, medan snön fortfarande dröjde kvar på Belle Havens vidsträckta marker, gjorde Richard sig redo för en resa till London. Han hade fått i uppdrag att leverera en grupp fina kavallerihästar till Horse Guards högkvarter, ett ansvar han bar med stor stolthet. Hans hjärta svällde när han såg på de ståtliga djuren, deras andedräkt synlig i den krispiga vinterluften. Dessa hästar var kulmen på år av hårt arbete och hängivenhet. Synen var dock bittersöt; han kunde inte låta bli att känna stolthet över de magnifika djur han fött upp, men hans hjärta värkte också vid tanken på vart de var på väg. Alltför många av dem skulle inte återvända från Europas slagfält.

"Herr Bell!" ropade en ung stalldräng som kom ut ur stallet med en sista häst i släptåg. "Den här är klar för er."

"Tack, Thomas", svarade Richard. Flera stalldrängar skulle följa med honom på resan, var och en riden på en häst och ledande en rad om tre eller fyra till.

"Lycklig resa, sir", sade en mjuk röst, och han vände sig om och fick se Theresa närma sig, hennes bruna ögon fyllda av oro, medan hon drog sjalen tätare om axlarna mot vinterkylan.

”Jag klarar mig, Theresa”, försäkrade han henne. ”Det är bara några dagars resa, och jag ska komma tillbaka så snart jag kan.”

”Era döttrar kommer att sakna er”, sade hon mjukt och tittade ner på sina fötter.

”Jag vet”, medgav Richard, och uttrycket blev allvarligt. ”Men jag litar fullt och fast på att ni tar hand om dem medan jag är borta.” Han räckte ut handen och lade den tröstande på hennes axel. ”Ni har varit en skänk från ovan för oss alla, Theresa. Jag vet inte vad vi skulle göra utan er.”

”Tack, sir”, mumlade Theresa, med kinderna blossande av glädje över hans ord. ”Jag lovar att jag inte ska göra er besviken.”

”Det betvivlar jag inte ett ögonblick”, svarade Richard och gav hennes axel en varsam klämning innan han släppte den. ”Theresa”, sade han plötsligt och vände sig åter mot henne. ”Jag vill att ni ska veta hur mycket det betyder för mig att ni har blivit en del av vår familj. Flickorna älskar er innerligt.”

”Tack, herr Bell”, svarade Theresa, rösten tjock av känslor. ”Det har varit ett privilegium att få arbeta med er och era döttrar. Jag har aldrig varit lyckligare.”

”Inte vi heller”, sade Richard uppriktigt. Och sedan, medveten om att han inte kunde dröja längre, vände han sig motvilligt bort från henne och svingade sig upp på sin häst, en brun hingst som han hade arbetat med ända sedan han reserverat Ballerina för Theresas bruk. Med ett knyck på tyglarna började raden av hästar röra sig, deras hovar ekade mot det hårda underlaget medan de förde honom bort från den enda plats där han någonsin velat vara.

När de passerade genom portarna till Belle Haven tillät sig Richard ett ögonblick att se tillbaka på egendomen som varit hans familjehem i generationer. Även om den kalla morgonluften fick den välbekanta fasaden att te sig nästan overklig, visste han att värme och kärlek väntade vid hans återkomst. En ensam gestalt stod i dörren och såg efter dem, och ett leende krusade hans läppar. Theresa skulle ta hand om allt tills han kom tillbaka. Hans flickor kunde inte vara i bättre händer.

"London väntar", viskade han för sig själv, och hans andedräkt blev till dimma i den frostiga luften.

Vid ankomsten till London möttes Richard av häpnad och beundran från officerarna vid Horse Guards högkvarter. De häpnade över hans hästars skönhet och styrka, med ögonen vidöppna av förundran medan de strök över djurens glänsande pälsar och kände kraften under fingertopparna.

"Herr Bell", började en officer, med en ton av vördnad i rösten, "detta är sannerligen utomordentliga djur. Vi har tur som får dem i våra led."

"Tack, sir", svarade Richard ödmjukt och kände en ilning av stolthet djupt i bröstet. "Det har varit min ära att föda upp dem, och jag vet att de kommer att tjäna er väl."

När han såg officerarna föra bort hans älskade hästar kunde Richard inte låta bli att känna ett sting av förlust.

Han visste att var och en av dem var ämnad för storhet, men att skiljas från dem var alltid svårt. Ändå fann han tröst i vissheten om att de nu skulle spela en avgörande roll i försvaret av sitt land – ett arv som utan tvekan skulle överleva dem alla.

"Tills vi möts igen", viskade han, medan ett bitterljuvt leende drog i mungiporna.

"Herr Bell", sade en myndig röst, och han vände sig om och fick se en ung officer som räckte fram en vikt lapp. "Jag har en kallelse till er här."

"En kallelse?" Richard rynkade pannan, förbryllad, medan han tog emot lappen och bröt sigillet. När han vecklade ut papperet tappade han hakan under läsningen.

"Att få träffa Prinsregenten?" sade han, häpen, och såg upp på officeren.

"Jag ska eskortera er till St. James' Palace nu, sir. Om ni vill följa med?"

Richard antog att han knappast hade något val. Hjärtat slog snabbare för varje steg han tog, oförmögen att förstå varför han hade kallats till en så ansedd plats.

Medan de vandrade genom palatsets helgade salar häpnade Richard över de utsirade gobelängerna och de mästerliga målningarna som prydde väggarna. Han svalde hårt, med ångest som knöt sig i magen medan han undrade vad som väntade honom bakom de tunga ekdörrarna längre fram.

"Hans Kungliga Höghet, Prinsregenten, väntar er i audiensrummet", förkunnade en lakej och sköt upp dörrarna så att ett rum badande i gyllene ljus uppenbarade sig. Längst in, på en sammetskuddad tron, satt prinsen själv, omgiven av hovmän. Richard bugade djupt när han presenterades för sällskapet, smärtsamt medveten om stundens tyngd.

”Åh, herr Bell”, hälsade Prinsregenten honom varmt, med ögon som glittrade av äkta intresse. ”Jag har hört mycket om era anmärkningsvärda hästar, och jag måste säga att officerarna har öst beröm över dem. Det tycks som om de är högt eftertraktade bland kavalleriets högre befäl.”

”Ers Höghet, jag är djupt hedrad av era ord”, stammade Richard. ”Det har varit mitt livsverk att avla och träna de finaste hästarna i England, och jag är ödmjuk inför att de funnit nåd hos så framstående herrar.”

”Sannerligen”, instämde prinsen, med en röst som genljöd genom kammaren. ”Och just av denna anledning har jag beslutat att skänka er en högst prestigefylld utmärkelse – ett riddarslag, för era ovärderliga tjänster åt vårt stora land.”

”Ett riddarslag?” upprepade Richard, med ögonen vidöppna av misstro. ”Jag ... jag vet inte vad jag ska säga, Ers Höghet. Detta överträffar allt jag någonsin kunnat föreställa mig.”

”Säg ingenting, herr Bell”, svarade Prinsregenten med ett leende. ”Era handlingar talar långt högre än några ord någonsin skulle kunna. Knäböj nu inför mig och ta emot det riddarslag som ni så rikligt förtjänar.”

Medan han knäböjde inför prinsen och kände det kalla stålet från svärdet vidröra sina axlar gick Richards tankar till Theresa och hans döttrar. De hade blivit den ledande kraften i hans liv, och deras kärlek och stöd gav honom styrkan att hålla ut inför överväldigande motgångar.

"Res er, Sir Richard Bell", förkunnade prinsen, med en röst som klingade av myndighet.

"Tack, Ers Höghet", fick Richard fram, med rösten tjock av känslor. "Jag lovar att fortsätta tjäna mitt land och att bara tillhandahålla de finaste hästarna åt vårt kavalleri."

"Förträffligt", strålade prinsen. "Min bror Frederick, hertigen av York, har förresten förvärvat en av era Belle Haven-hästar", anförtrodde han med en glimt i ögat. "Han talar mycket väl om dess prestanda och påstår till och med att det är den finaste häst han någonsin ridit."

"Ers Höghet hedrar mig med sådana ord", svarade Richard och försökte tygla den svallande stolthet som hotade att ta över honom. Vetskapen om att hans hästar nu uppskattades av kungligheter skänkte honom en känsla av djup tillfredsställelse.

"Vilket för mig till min nästa punkt", fortsatte prinsen, rätade på sig och gestikulerade mot en praktfull karta över England som hängde på väggen intill. "En militärakademi håller på att byggas i Sandhurst, där vi ska utbilda landets främsta infanteri- och kavalleriofficerare. Jag kan inte tänka mig någon mer lämpad än er, Sir Richard, att förse våra framtida ledare med hästar."

Richards hjärta svällde av både upprymdhet och bävan. Ansvaret var enormt, men det var likaså tillfället att visa upp Belle Haven-hästarnas enastående egenskaper för samhällets högsta skikt.

"Ers Höghet", började Richard och lät blicken åter möta prinsens förväntansfulla ögon, "jag är djupt hedrad av ert förtroende och skulle med glädje anta detta uppdrag.

Belle Haven-hästar ska stolt tjäna Sandhursts framtida officerare."

"Förträffligt!" utbrast prinsen och slog ihop händerna. "Jag visste att jag kunde räkna med er, Sir Richard. Er hängivenhet åt ert värv är beundransvärd, och jag tvivlar inte på att officerarna vid Sandhurst kommer att bli lika imponerade."

"Tack, Ers Höghet", svarade Richard med en bugning, medan hjärtat rusade vid utsikten till detta nya företag. Han skulle helga sig åt att tillhandahålla endast de finaste hästarna åt Sandhurst och se till att varje djur var värdigt de modiga män som skulle rida dem i strid.

Kapitel sju

"Ett brev från husbonden kom till er, fröken Wilkes", sa fru Babcock en morgon när Theresa återvände in i huset efter sin sedvanliga morgonritt med flickorna.

"Åh, tack, fru Babcock!" Theresa tog emot brevet. "Ja, ja, flickor", skrattade hon när hon plötsligt omringades av Richards döttrar, alla ivriga att få veta vad deras far hade skrivit. "Kom, låt oss slå oss ner och läsa det tillsammans."

Kära fröken Wilkes, började brevet, *jag hoppas att detta brev når er och flickorna vid god hälsa och med gott mod. Jag skriver för att meddela att prinsregenten har fattat stort tycke för mig och har begärt min närvaro i London under en längre tid. Fastän jag mycket hellre skulle vara hemma hos er alla, kan jag inte avböja en så högtidlig inbjudan. Jag fruktar att jag kan bli borta i flera veckor.*

Theresas hjärta sjönk en aning vid tanken på Richards långvariga frånvaro. Han var alltid så vänlig och omtänksam mot henne och sina döttrar, och hon kunde inte låta bli att känna en förlust när han inte var i närheten. Flickorna avgudade honom, och de skulle sannerligen sakna honom djupt. Redan nu började Elizas underläpp darra. Theresa lade en arm om den lilla flickan och fortsatte att läsa.

Jag litar fullt ut på er när det gäller omsorgen om mina döttrar i min frånvaro och vet att ni kommer att ta hand om dem med er vanliga kärleksfulla omsorg och skicklighet.

När Theresa läste de orden kunde hon inte undertrycka ett litet leende. Det värmde hennes hjärta att veta att Richard hade så stort förtroende för hennes förmåga.

Kom också ihåg att ta hand om er själv, fröken Wilkes, fortsatte brevet. *Jag tvivlar inte på att ni kommer att hålla allt igång smidigt i min frånvaro, men glöm inte att även ni förtjänar vila och omsorg.*

En rodnad kröp upp över Theresas kinder när hon läste de sista raderna. Det stod henne klart att Richard uppriktigt brydde sig om hennes välbefinnande, och även om hon visste att det var dumt av henne att känna något mer än tacksamhet mot sin arbetsgivare, kunde hon inte låta bli att nära en hemlig ömhet för honom. Hon slog emellertid snabbt ifrån sig tanken och påminde sig om att sådana känslor varken var lämpliga eller kloka.

Tills jag återvänder, var snäll och ge flickorna min kärlek och vet att ni har min djupaste tacksamhet för allt ni gör på Belle Haven. Med utmärkt högaktning, Sir Richard Bell.

"Sir Richard Bell?" utropade flera röster i kör, och Theresa skrattade.

"Sannerligen, det finns ett post scriptum!"

Till min stora förvåning har Prinsen dubbat mig till riddare för min leverans av Belle Havens utmärkta hästar till kavalleriet.

"Dubbad till riddare! Nå, det var det värsta", sa fru Babcock över de små flickornas glädjetjut. "Vilken ära!"

"Sannerligen", mumlade Theresa. "Uppenbarligen insåg prinsen herr Bells fina egenskaper lika väl som vi gör. Sir Richard, menar jag", rättade hon sig med ett litet skratt.

"Kom nu, flickor, det räcker. Tvätta händerna nu och upp till barnkammaren", manade fru Babcock på flickorna och förde ut dem ur rummet, så att Theresa blev kvar ensam en stund med sina tankar.

"Flera veckor", viskade hon för sig själv och kände både stolthet och sorg inför utsikten att Richard skulle vara borta länge. "Vi ska klara oss utan er, men som vi ska sakna er."

En vecka senare satt Theresa i salongen med Richards döttrar, med ett exemplar av *Times* uppslaget på bordet framför dem. Rubriken förkunnade djärvt att Sir Richard Bell var en av de mest eftertraktade gentlemännen i England, tack vare hans senaste dubbning och de remarkabla framgångarna för hans älskade hästar.

"Titta!" utropade Anna och pekade på en illustration av Richard i sina finaste kläder, till häst på en magnifik hingst. "Pappa ser så stilig ut!"

"Ja, det gör han", instämde Clara, och hennes ögon gnistrade av beundran för deras far.

"Låt oss skåla för hans framgång", föreslog Theresa och hällde upp pressad äppelmust i glas åt flickorna. De höjde sina glas högt och lät dem klinga mot varandra till firandet av Richards framgångar.

"Skål för far!" jublade flickorna, tog en klunk och fnissade förtjust.

Fastän hon deltog i deras glädje, kunde Theresa inte låta bli att känna ett sting av vemod när hon läste om de eleganta damer som Richard tillbringade sin tid med på baler och tillställningar. Hon visste att det var helt naturligt för honom att umgås i sådana kretsar, men hon kunde inte riktigt skaka av sig den avund som gnagde i hennes hjärta. Med stillsam beslutsamhet lovade Theresa att aldrig låta Richard få veta de ömma känslor hon närde för honom. Det var en omöjlig dröm, en som bara kunde sluta i hjärtesorg och besvikelse. Hon måste fokusera på sina plikter på Belle Haven och finna tröst i hästarnas sällskap och i uppfostran av sina skyddslingar.

När vintern gav vika för våren gick veckorna i ett töcken av arbete. Hushållerskan på Belle Haven, gamla fru Babcock, saktade ner med åren; hennes en gång så smidiga fingrar var nu stela av ledvärk. Då föll det på Theresa att ta över mycket av kvinnans ansvar, och hon fick jonglera både sina egna uppgifter och hushållerskans.

”Fröken Wilkes”, sa fru Babcock en dag när de stod och vek lakan tillsammans, ”jag vet inte vad vi skulle göra utan dig. Du sköter praktiskt taget hela hushållet på egen hand.”

Theresa log varmt mot den äldre kvinnan. ”Vi gör alla vår del, fru Babcock. Jag är bara glad att jag kan vara till hjälp.”

”Hjälp?” Fru Babcock skakade på huvudet. ”Min kära, du gör långt mer än att bara *hjälpa*. Du har blivit oumbärlig.”

Theresa rodnade över berömmet men suckade inom sig. Hon visste att fru Babcock hade rätt, även om hon önskade att det inte var så. Hennes ökade ansvar lämnade henne lite tid för nöjen, men hon vägrade klaga. Hon hade tak över huvudet, mat på bordet och tre söta små flickors tillgivenhet. Livet, sa hon till sig själv, kunde ha varit mycket värre, och hade faktiskt varit det, när hon var på Duke Street.

Samma kväll hade Theresa just lagt flickorna när ett oväsen ute på gårdsplanen vid stallet fick henne att kika ut genom fönstret.

”Vad är det där för rop, fröken Theresa?” frågade Clara och satte sig upp i sängen.

”Inget ni behöver oroa er för”, sa Theresa bestämt och drog för gardinen. ”Jag tar hand om det. God natt, mina älsklingar.” Hon skyndade nerför trappan, fullt beredd att säga ifrån till den som förde sådant oväsen när flickorna skulle sova.

”Vad är det här för oväsen?” krävde hon och stormade ut genom bakdörren, med bestämda steg mot stallplanen.

”Fröken Wilkes!” ropade en djup röst ur skuggorna. Theresa stirrade när en av stallkarlarna klev fram och släpade en liten gestalt i armen.

”Thomas”, utbrast hon. ”Vad är det som händer?”

”Tog den här smutsiga lilla hästtjuven på bar gärning när hon smög omkring i stallet”, muttrade han och knuffade fram den magra ungen.

Theresas ögon vidgades av igenkänning när hon såg den välbekanta uppsynen på sin unga vän från barnhemmet, Molly. Munnen blev torr, och hon kämpade för att behålla fattningen. ”*Molly*?”

”Theresa!” grät Molly, tårar rann nerför de smutsrandiga kinderna. ”Jag menade inget illa. Jag ville bara se hästarna.”

”Släpp henne”, befallde Theresa, med rösten darrande. ”Jag känner henne, Thomas. Hon är ingen hästtjuv.”

Thomas tvekade innan han nickade och lät Mollys arm vara.

”Nåväl, men du gör bäst i att vara försiktig, fröken Wilkes”, varnade han innan han försvann tillbaka in i mörkret.

Tårar stack i ögonvrårna på Theresa när Molly nästan föll i hennes armar.

”Åh, Molly, vad har du gjort?” viskade hon.

”Förlåt”, snyftade Molly. ”Jag stod inte ut längre. Ingen lät mig vara något annat än kökspiga och jag tänkte att om jag ändå ska göra skitjobb vill jag hellre arbeta med hästarna. Jag visste att du skulle förstå.”

”Men hur kom du hit?” frågade Theresa, bestört.

"Gick", snörvlade Molly och torkade näsan med handens baksida. "Hela vägen från London. Sov i hölador."

"Käre Gud", andades Theresa, och tankarna rusade kring allt som kunde ha hänt den unga flickan under den långa färden. "Du måste frysa och vara utsvulten!"

"Kanske lite", medgav Molly, tänderna skallrade.

"Kom in", sa Theresa ivrigt och lade armen om flickans smala axlar. "Vi ska få dig tvättad, mätt och varm. Vi kan prata om vad vi ska göra i morgon."

När de väl var i trygghet inne i huset sjönk Molly ner på en stol vid spisen i köket. Theresa petade snabbt liv i elden, fick den att flamma upp igen och lät värmen strömma genom rummet. De flämtande lågorna kastade dansande skuggor över Mollys smala, lerstänkta ansikte, och framhävde tröttheten som var inristad i hennes unga drag.

"Theresa", viskade Molly, rösten darrade av känslor. "Snälla, låt mig stanna här hos dig. Jag lovar, jag ska arbeta hårt. Jag kan hjälpa till med hästarna och allt annat du behöver."

Theresa suckade, hjärtat tungt av flickans desperata bön. Hon såg på Molly, tog in de smutsrandiga kinderna, de urgröpta ögonen och den råa beslutsamhet som lyste i dem. Trots sin ungdom hade Molly klarat den långa färden från London till Hampshire ensam och till fots, allt för kärleken till hästar och chansen att få vara nära Theresa.

"Självklart får du stanna", försäkrade Theresa mjukt och bjöd på ett litet, uppmuntrande leende. "Men bara tills Sir Richard återvänder och vi kan diskutera din situation med honom. Han är ju herre på Belle Haven, och det är hans beslut att fatta."

"Tack", andades Molly, och ögonen fylldes av lättnadens tårar. "Jag ska inte göra dig besviken, Theresa. Jag svär."

När Theresa ordnade varm mat och rena kläder åt Molly kunde hon inte låta bli att tänka på hur mycket hennes eget liv hade förändrats sedan hon kom till Belle Haven. Det kändes som en evighet sedan hon lämnat barnhemmet på Duke Street, en rädd, ensam flicka som inte visste något om världen utanför dess murar. Men nu kände hon som om hon hade hittat sitt rätta hem.

Och kanske, tänkte hon med en öm blick på den utmattade flickan framför sig, kunde även Molly hitta sitt hem här.

Innan Theresa fick Molly i säng hade hon dock ett viktigt bestyr att ta itu med. Hon satte sig vid det lilla bordet i sitt eget rum, tog fram ett nytt ark papper och började skriva brevet som inte kunde skjutas upp.

Kära fru Hatton, började hon och doppade sin fjäderpenna i bläckhornet. *Jag är säker på att det ska lätta ert hjärta att jag skriver för att meddela att er rymda skyddsling, fröken Molly Tate, har tagit sig till Belle Haven. Jag försäkrar er att hon är i goda händer, och vi gör allt vi kan för att trygga hennes lycka och välbefinnande.*

Theresa hoppades bara att fru Hatton inte skulle kräva Mollys omedelbara återvändo. Molly skulle sannolikt rymma igen, och nästa gång kanske hon inte hade lika tur att undgå skada.

Till dess sir Richard återvänder, avslutade hon, *kommer Molly att vara trygg hos oss här på Belle Haven. Med vänlig hälsning, Theresa Wilkes.*

Med en belåten suck förseglade Theresa brevet och lade det på fönsterbrädan, redo att postas nästa morgon. När hon lade sig att sova, kände hon en stilla optimism lägga sig över henne som en varm filt och skydda henne från framtidens ovisshet.

"God natt, Molly", viskade hon, när ljuset blåstes ut och mörkret lade sig i rummet. "Vi ska ordna en plats för dig här, det lovar jag."

Nästa morgon vaknade Theresa med en ny känsla av målmedvetenhet. Hon visste att medan Molly stod under hennes beskydd, skulle hon behöva bevisa sitt värde för Richard när han återvände.

"Upp och hoppa, Molly", sa hon och öppnade dörren till det lilla rum hon låtit Molly sova i. "Vi börjar tidigt här."

"Jag är vaken!" Molly satte sig upp och gnuggade sömnen ur ögonen. "Jag är redo att arbeta. Vad kan jag göra för att hjälpa till?"

"Först och främst", svarade Theresa och räckte henne en prydligt vikt hög kläder. "Klä på dig, så går vi till stallet tillsammans. Hästarna väntar."

När de gick mot stallen målade den stigande solen himlen i guld och rosa, och spred ett varmt sken över egendomen trots frosten på marken. Theresa såg förundran i Mollys ögon när hon tog in omgivningens skönhet, och det fick hennes hjärta att svälla av glädje och hopp.

”Så, Molly”, sa hon när de nådde stallen. ”Din första uppgift blir att mocka spiltorna och fylla på vattenhoarna. Klarar du det? Thomas kommer att övervaka dig.” Hon gjorde en gest mot stallkarlen, som suckade men nickade lydigt åt hennes order.

Molly nickade ivrigt. ”Ja, det kan jag!”

”Bra.” Theresa dröjde kvar med blicken när Molly satte igång med beslutsamhet. ”Kom ihåg, vi måste bevisa för sir Richard att du är en tillgång för Belle Haven när han återvänder.”

Mollys panna rynkades i koncentration när hon skyfflade ut smutsigt strö med grep. ”Jag ska inte göra dig besviken, Theresa. Jag lovar.”

”Vem är det?” frågade en liten röst, och Theresa vände sig om och log mot Richards döttrar, som hade kommit för att ansluta sig, redo för sin morgonritt.

”God morgon, mina kära! Minns ni att jag berättade om min vän Molly, från barnhemmet, som också älskar hästar? Hon har kommit för att arbeta här ett tag.”

”Hon är brun. Som jag”, sa Eliza och stirrade på Molly, som log mot henne utan att avbryta arbetet.

”Mina föräldrar kom från Indien. Gjorde dina det?” frågade Molly glatt.

Eliza skakade blygt på huvudet och gömde sig bakom Theresas kjolar, men fortsatte att titta på Molly.

”Nu rider vi ut.” Theresa tog Elizas hand i sin. ”Ni får tid att lära känna Molly senare, det lovar jag. Jag är säker på att hon gärna vill få träffa Duck.”

”Duck är min ponny”, viskade Eliza nästan.

Molly spärrade upp ögonen. ”Har ni er egen ponny? Herregud, ni måste vara de lyckligaste flickorna i världen!”

”Vi har en ponny var”, sa Anna stolt. ”Och ibland får vi rida de stora hästarna också!”

Molly blev så förbluffad att hon glömde att skyffla halm, åtminstone tills Thomas harklade sig menande. Hon böjde sig åter in i arbetet med förnyad iver, men Theresa kunde se vördnaden och förundran i hennes ansikte.

Jag har börjat ta Belle Haven för given, tänkte hon, medan hon ledsagade flickorna till den mindre intilliggande stallbyggnaden där deras ponnier stod. *Mindre än ett år, och det känns redan som om det här har varit mitt hem i evigheter.*

Solen sjönk under horisonten när Richard nådde krönet på den sista kullen, och avslöjade Belle Havens välbekanta siluett mot den skymmande himlen. Synen fyllde honom både med lättnad och bävan; han hade varit borta långt längre än han någonsin avsett, och lämnat Theresa att sköta egendomen och hans döttrar utan honom.

”Välkommen hem, sir!” En flicka, kanske omkring fjorton år, kom ut från stallen, kinderna blossande av upphetsning, och skyndade fram för att ta hans häst. Hon hade brun hud och grovt klippt, rakt svart hår, och var klädd i enkel brun rock och knäbyxor precis som hans andra stallkarlar.

”Vem kan ni vara?” frågade Richard, nyfiken på den nya.

”Jag är Molly, herrn”, svarade hon och gjorde en snabb nigning. ”Jag har hjälpt fröken Theresa medan ni var borta.”

”Ah, jag förstår.” Han förstod inte alls, men han var säker på att Theresa skulle förklara när han såg henne.

”Far!” utbrast tre unga röster i kör när döttrarna kom studsande nerför trappan vid entrén. De kastade sig i hans öppna armar, och deras skratt fyllde luften som en ljuv melodi.

”Hej, mina älsklingar”, mumlade Richard och höll om dem hårt. ”Jag har saknat er allihop så mycket.”

”Vi har saknat dig också, pappa”, ropade Clara.

”Så mycket”, snörvlade Eliza mot hans krage, och han kysste hennes svarta lockar.

”Jag ska inte vara borta så länge igen, jag lovar”, svor han.

När han såg upp igen var den mystiska Molly borta och hade tagit hans häst till stallet. Med en skakning på huvudet avfärdade Richard henne för tillfället. Hans döttrar förtjänade hans fulla uppmärksamhet.

När flickorna äntligen hade lagts för natten drog sig Richard tillbaka till sitt arbetsrum. Han lutade sig tillbaka i sin stol och lät blicken svepa över de välbekanta omgivningarna, lättad över att vara hemma. Han hade knappt hunnit sträcka sig efter högen med papper på skrivbordet som väntade på hans uppmärksamhet när det knackade mjukt på dörren.

”Kom in”, ropade han, och Theresa klev in med händerna nervöst knäppta framför sig.

”Herrn, jag ville tala med er om Molly”, började hon, rösten stadig trots sin uppenbara ängslan. ”Hon har varit till så stor hjälp de senaste veckorna, och flickorna har blivit väldigt fästa vid henne. Hon har arbetat i stallet, men det är ju uppenbarligen inte riktigt passande för en flicka, och jag undrade om ni skulle kunna överväga att låta henne stanna kvar som min assistent.”

Richard lutade sig tillbaka i stolen med höjda ögonbryn. Han hade inte insett förrän han kom hem hur mycket ansvar som hade fallit på Theresas kapabla axlar medan han varit borta, särskilt som fru Babcock blivit äldre och långsammare. Den insikten gav honom ett sting av skuld; han borde ha varit mer uppmärksam på hushållets behov.

”Självklart”, sa han och nickade eftertänksamt. ”Om ni anser att det är det bästa, så litar jag på ert omdöme.”

”Tack, herrn”, svarade hon, och hennes ansikte lyste upp av lättnad och tacksamhet.

Då såg Richard verkligen på Theresa – inte som sin anställda, utan som en ung kvinna som hade blivit en oumbärlig del av hans hushåll. Hon stod framför honom och strålade av livskraft. Även om hon aldrig skulle bli eteriskt nätt hade hennes tidigare mjukt runda former blivit fastare; musklerna var tonade av dagens slit. Hennes kinder var rosiga, och hennes bruna hår såg blankt och tjockt ut.

Det fanns en nyfunnen styrka i hennes blick, och Richard hajade till över hennes skönhet. Det var en stillsam, anspråkslös sorts fägring, en som han aldrig tidigare hade lagt märke till, och den rörde upp något djupt inom honom.

"Theresa", sa han mjukt, rösten avslöjade en aning av känslorna som virvlade inom honom. "Jag vill tacka er för allt ni har gjort – inte bara i min frånvaro, utan sedan ni först kom till Belle Haven. Ni har blivit en ovärderlig del av vår familj."

En rodnad smög över hennes kinder, och hon sänkte huvudet, oförmögen att möta hans blick. "Ni är alltför god, herrn", mumlade hon, tydligt berörd av hans ord.

Richards blick dröjde kvar på Theresas strålande ansikte en aning för länge, och han kände en oväntad värme sprida sig i bröstet. Han skakade resolut på huvudet och grälade tyst på sig själv för att han ens tillät sådana tankar. Hon var trots allt hans anställda, och det var helt opassande att låta tankarna vandra åt det hållet.

"Nåväl", sa Richard tvärt, och tonen avslöjade ett stänk av den inre oro han försökte tysta. "Molly får stanna. Och ni..." Han tvekade och drog ett djupt andetag innan han fortsatte: "Jag vill att ni anställer all extra huslig hjälp ni anser behövs. Jag litar på ert omdöme."

Theresa blinkade, överraskad av hans plötsliga skiftning i uppträdande. "Ja, herrn", svarade hon, mjukt men stadigt. "Tack för ert förtroende."

En kort tystnad föll mellan dem, endast avbruten av ett avlägset hästgnägg från stallet utanför. Richards blick flackade runt i rummet och landade på allt utom Theresas ansikte – tapetens intrikata mönster, glasdekanterna på skänken, hur eldskenet kastade skuggor över de panelklädda väggarna.

”Är det något mer ni behöver, herrn?” frågade Theresa.

”Nej då”, sa han snabbt och tvingade fram ett leende. ”Det var allt, Theresa. Tack.”

”Självklart, herrn”, sa hon och dök ner i en nigning innan hon vände sig om för att lämna rummet.

När han såg henne gå kunde Richard inte låta bli att känna en märklig blandning av lättnad och ånger. Det var det bästa, intalade han sig, att han upprätthöll ett korrekt avstånd till Theresa. Ändå, när dörren stängdes bakom henne och rummet åter föll i tystnad, kunde han inte låta bli att känna ett sting av längtan – efter vad, vågade han inte säga.

Kapitel åtta

Morgondimman började just lätta när Richard med raska steg gick tillbaka från hagarna där han hade inspekterat stona med föl vid sidan, mot huset, och hans stövlar sjönk en aning i den fuktiga jorden. Han log, i förväg glad åt ännu en underbar dag med familjen och deras älskade hästar.

"Sir Richard!" ropade en röst och ryckte Richard ur hans dagdröm. Han vände sig om och fick syn på Thomas, stalldrängen, som småjoggade mot honom med en bekymrad min.

"Vad står på, Thomas?" frågade Richard, och bekymret fick hans panna att rynkas.

"Ursäkta, sir, men det verkar som att vi har oväntade gäster", flämtade Thomas och hämtade andan. "Kommendanten från Sandhurst, general Harcourt, har anlänt, åtföljd av en ung dam."

"Herregud", mumlade Richard och mindes kommendantens föga subtila vinkar om att gifta sig med en av hans sondöttrar när de hade träffats i London. Hur mycket han än respekterade den äldre mannen, kunde Richard inte låta bli att känna en stickande irritation vid tanken på att bli knuffad in i ett äktenskap som han inte riktigt var redo för.

"Tack, Thomas", sa Richard med en nick, samlade sig och begav sig tillbaka mot huset. Han visste att det var hans plikt att ta emot gästerna varmt, även om deras ankomst var oanmäld och rätt så oläglig.

När Richard kom runt hörnet på huset såg han hur kommendanten steg ur sin vagn och räckte ut en hand till en ung dam som Richard kände igen. Den äldre gentlemannen, klädd i en elegant militäruniform som fortfarande satt som gjuten trots hans stigande ålder, hälsade Richard med ett rejält handslag.

"Ah, Richard, min gosse! Jag hoppas att ni inte misstycker vår lilla överraskningsvisit", dundrade kommendanten, med en röst som bar långt.

"Självklart inte, general Harcourt. Ni är alltid välkommen på Belle Haven", svarade Richard med väl inövad artighet, även om han inte kunde låta bli att känna en ilning av olust i maggropen.

"Utmärkt! Jag tänkte att det kunde vara trevligt för min sondotter att se landsbygden, och er förtjusande egendom verkade som den perfekta platsen för ett besök", sa general Harcourt och klappade Richard på axeln.

"Sannerligen", mumlade Richard och lät blicken glida mot den unga kvinnan bredvid kommendanten. Han visste att det var hög tid att överväga att slå sig till ro, men deras plötsliga ankomst fick honom att känna sig trängd, som en av hans högaktade hästar som leds in i en främmande spilta.

"God morgon, Sir Richard", hälsade fröken Harcourt, med en röst söt som honung och mjuk som en sommarbris. Hon neg, och hennes himmelsblå klänning svängde lätt kring anklarna. Det gyllene håret var ordnat i en invecklad uppsättning, slingor som inramade hennes porslinshy och framhävde hennes safirblå ögon och rosenknoppsläppar. Det gick inte att förneka att Elspeth Harcourt var bedårande, och Richard hade faktiskt på allvar övervägt att uppvakta henne, hade dansat med henne flera gånger i London. Märkligt nog hade han inte ägnat henne en enda tanke sedan han kom hem, och det kändes märkvärdigt att hon var här nu – ett intrång, och ett ovälkommet sådant.

"Fröken Harcourt", svarade Richard och bugade lätt, "välkommen till Belle Haven."

"Tack, sir", sa hon, med blicken glittrande av nyfikenhet och förväntan. "Jag har hört så mycket om er vackra egendom och de magnifika hästar ni föder upp. Jag är förtjust över att äntligen få se allt med egna ögon."

Han kunde känna sin fars förväntningar vila tungt på sina axlar, och han visste att ett giftermål med någon som fröken Harcourt skulle säkra Belle Havens framgång och anseende i generationer framöver. Hon var förmögen och väletablerad, allt det han borde söka i en brud. Richard kämpade för att behålla fattningen, fångad mellan viljan att uppfylla sin plikt och den gnagande känslan av att något med den här uppgörelsen kändes fel.

"Sir Richard, får jag ställa er en fråga?" undrade fröken Harcourt och drog honom ur hans tankar.

"Naturligtvis, fröken Harcourt. Vad har ni på hjärtat?"

"Er egendom är rätt stor, och jag kan tänka mig att den måste vara svår att sköta på egen hand. Känner ni er någonsin ensam?" frågade hon och sökte hans ansikte efter ett svar.

Han var nära att skratta. Ensam? Med sina tre flickor som sällskap, och nu Theresa, och Molly, och alla hans hästar?

"Verkligen inte. Jag har utsökt sällskap. Och där kommer de nu", sa han, och ögonen lyste upp när han såg tre små gestalter galoppera över ängen på sina pigga ponnyer. Efter dem red Theresa Ballerina i lugnare tempo, hennes bruna hår som smet ut under den enkla stråhatten och fladdrade i vinden.

"Och vilka har vi här?" dundrade generalen.

"Mina döttrar, general Harcourt, och deras guvernant", sa Richard.

"Jag visste inte att ni hade barn, Sir Richard!" Fröken Harcourt såg på sin morfar, chocken tydlig i hennes ansikte.

"Javisst", svarade Richard, med en ton av stolthet medan han såg flickorna närma sig. "De är mitt hjärta och min själ."

"Bedårande", mumlade fröken Harcourt, och hennes läppar snörptes just så när hon studerade flickorna, som nu höll in sina ponnyer och satt av med ungdomlig iver.

"Fröken Harcourt, får jag presentera mina döttrar: Clara, Anna och Eliza", sa Richard och vinkade fram flickorna. De neg artigt, kinderna rosiga efter ritten, och hälsade Harcourts med blyga leenden.

"Förtjusande, är jag säker", svarade fröken Harcourt och gav flickorna ett återhållet leende som inte riktigt nådde ögonen medan hon tog in deras anleten, Annas gyllene hy och snedställda ögon, Elizas mörkbruna hy och vilda svarta lockar. "Jag måste säga, jag skulle aldrig ha gissat att ni hade en sådan ... okonventionell familjeordning, Sir Richard." Fördömandet hördes i hennes ton.

Richard kände en plötslig, beskyddande våg av känslor när han såg på sina döttrar, deras ansikten ljusa och förväntansfulla där de betraktade sin eventuella framtida styvmor. Han visste att samhället inte skulle se med blida ögon på hans beslut att ta flickorna till sig, men deras lycka var viktigare för honom än alla fördömande viskningar.

"Livet har en förmåga att överraska oss alla, fröken Harcourt", sa han mjukt. "Jag väntade mig inte att bli far, men nu när jag har de här underbara flickorna i mitt liv skulle jag inte byta det mot någonting."

"Verkligen", mumlade fröken Harcourt, och hennes blick dröjde vid Theresa när hon svingade sig ner från Ballerina och anslöt till sällskapet, hennes musbruna drag och runda figur i skarp kontrast mot den samlade, eleganta skönheten som stod bredvid Richard.

”Åh, och det här är fröken Wilkes, flickornas guvernant och kära vän”, tillade Richard och log varmt mot den unga kvinna som hade blivit en oumbärlig del av deras familj. ”Fröken Wilkes, det här är familjen Harcourt, på besök från Sandhurst.”

”En ära att få träffa er”, sa Theresa och neg, medan hon mötte fröken Harcourts kyliga blick med en stilla värdighet som dolde hennes anspråkslösa yttre.

”Detsamma”, svarade fröken Harcourt, rösten hjärtlig, även om det subtila föraktet i hennes ögon inte undgick Richard. Han märkte hur han bet ihop käkarna och blev plötsligt osäker på utsikten att uppvakta en så vacker men fördomsfull kvinna. Belle Haven var ju mer än bara ett gods; det var en fristad för hans okonventionella familj, och han skulle göra vad som än krävdes för att skydda det och dem han älskade.

”Flickor, vi måste lämna tillbaka hästarna i stallet och gå och tvätta oss före lunchen. Om ni ursäktar oss”, sa Theresa med en artig nigning.

Fröken Harcourt snörpte på näsan och vände bort ansiktet, utan att ens erkänna Theresa eller flickornas existens. Generalen såg ogillande bister ut, och Richard såg hur hans döttrar, alla känsliga för stämningen hos de vuxna omkring dem, tog ett steg tillbaka, skuggor gled över deras ansikten.

”Tack, fröken Wilkes”, sa han och höll med möda rösten stadig.

Theresa mötte inte hans blick innan hon vände sig om och följde flickorna till stallet, och Ballerina följde fogligt i hennes hälar.

”Alldeles för fin häst för en tjänare att rida”, grymtade generalen, och Richard drog ett djupt andetag.

”Skulle ni båda vilja ta en sväng i trädgården med mig?” frågade han.

Fröken Harcourt såg på sin morfar, och generalen nickade.

”Mycket väl. Vi ska höra vad ni har att säga”, sa general Harcourt.

Richard försökte reda ut saken medan de gick. ”Låt mig förklara”, sa han med ett ansträngt leende. ”Jag är faktiskt inte deras far. Flickorna är inte mina döttrar från födseln, men jag har tagit dem i min vård, och jag betraktar dem som familj.”

Fröken Harcourts ögon vidgades, och hennes läppar snörptes missbelåtet. ”Sir Richard, ni måste väl ändå förstå att ta hand om sådana barn är högst opassande. De hör hemma på ett barnhem, inte boende mitt i respektabelt sällskap.”

”Ursäkta?” svarade Richard, tonen skarp och blicken mörknande av indignation. ”Deras lycka och välbefinnande är av största vikt för mig. Belle Haven är deras hem, och jag tänker inte överge dem.”

I det ögonblicket ingrep general Harcourt och lade en fast hand på Richards axel. ”Min son, kan jag få ett ord med er?”

”Självklart, general”, svarade Richard och lämnade motvilligt fröken Harcourts sida. När de gick bort från sällskapet tornade generalens stränga uppsyn upp sig över honom och kastade en skugga som tycktes förmörka den färgsprakande trädgården.

"Sir Richard, jag förstår er medkänsla för dessa flickor, men ni måste inse konsekvenserna av era handlingar", började kommendanten, med låg och sträv röst. "Ingen respektabel kvinna gifter sig med en man som envisas med att uppfostra en hel kull oäkta barn som sina egna! Ni äventyrar era chanser att göra ett passande parti."

"General, jag uppskattar er omsorg, men de här flickorna behöver mig", invände Richard, med hårt spänd käke. "Jag vägrar vända dem ryggen bara för att förbättra mina utsikter att gifta mig."

"Kom ihåg att ni har en plikt mot ert familjenamn och ert gods", varnade generalen, med ord tunga av outtalad besvikelse.

"Jag är mycket medveten om min plikt, tack så mycket", sa Richard och började känna sig irriterad.

"Tänk noga över vad ni riskerar att förlora om ni fortsätter på den här vägen. Har ni övervägt att skicka bort flickorna?" föreslog generalen, med avfärdande, kall ton. "Kanske till barnhemmet på Duke Street, eller betala en annan familj för att uppfostra dem? Jag menar, ingen vill egentligen ha ett helt knippe flickebarn. Man måste ju ändå gifta bort dem så småningom." Han kastade en blick tillbaka mot sitt eget barnbarn med ett resignerat uttryck i ansiktet.

"General, med all respekt, de här flickorna är en del av min familj", svarade Richard bestämt och mötte den äldre mannens blick utan att blinka. "Jag kan inte helt enkelt överge dem för att de möjligen skulle vara besvärliga för mina utsikter att gifta mig."

Varken general Harcourt eller Richard var medvetna om att bakom muren där de stod hukade en liten flicka och lyssnade på vartenda ord. Clara hade lämnat sin ponny hos Anna och sprungit tillbaka från stallet för att tjuvlyssna, övertygad om att närvaron av den vackra unga damen som såg på dem med sådan avsmak inte kunde betyda något gott för henne och hennes systrar.

När hon hörde generalens råd till Richard att skicka dem till Duke Street, flämtade Clara och handen for upp till munnen. Rädd att bli upptäckt smög hon sig hastigt därifrån innan hon hann höra sin fars gensvar, och sprang hela vägen tillbaka till stallet. Håret stod som en vild gloria kring hennes tårvåta ansikte, och andningen kom i huggiga andetag när hon stapplade mot Theresa.

"Fröken Wilkes", fick Clara fram mellan snyftningarna, "jag hörde pappa... han ska skicka bort oss. Han sa det!"

Theresas hjärta knöt sig vid synen av Claras förtvivlan. Hon lät kammen hon använt i Ballerinas man falla, hukade sig ner och drog varsamt in flickan i sin famn, lät henne gömma ansiktet i Theresas enkla bomullsklänning. I värmen av Theresas omfamning flödade Claras tårar ännu friare.

"Clara, älskling, jag är säker på att det måste ha skett ett missförstånd", mumlade Theresa och strök undan flickans hår från den fuktiga pannan. "Säg mig nu, vad hörde du?"

"Fröken Harcourt och hennes morfar ... de sa att vi skulle skickas bort", viskade Clara genom snurvlingarna. "De vill att pappa ska gifta sig med fröken Harcourt, men det kan han inte om vi är här."

Tanken att Richard ens skulle överväga en sådan sak var otänkbar för Theresa, ändå tvingade rädslan som vaknade i henne henne att möta möjligheten. Hon såg in i Claras stora, skrämda ögon och såg samma osäkerhet speglad där. Tänk om Richard valde sin egen lycka före deras hopfogade familj?

"Clara, lyssna på mig", sade Theresa bestämt och tog flickans händer i sina. "Din far älskar dig och dina systrar mer än något annat. Han skulle aldrig skicka er bort bara för att göra någon annan till lags."

"Men om fröken Harcourt tvingar honom att välja?" pep Clara, underläppen darrade.

"Då kommer han att göra det rätta valet", försäkrade Theresa och höll Clara tätt intill ännu en gång. "Vi är hans familj, och vi kommer alltid att finnas här för varandra. Kom nu; låt oss gå in och få i oss något att äta, och när Harcourt har åkt ska jag tala med din far. Jag lovar."

Hon behövde inte vänta länge. Harcourts vagn hade redan kallats fram till husets framsida, och inom några minuter rullade den bort från Belle Haven. För gott, hoppades Theresa.

Hon spände sig mot den hårda knuten av ilska och rädsla i bröstet och marscherade tillbaka mot stallet, klappret från hennes stövlar ekade mot kullerstigen. Hon visste att Richard skulle vara där och söka tröst bland de mjuka frustningarna och den jordiga doften från hästarna han älskade så högt.

När hon steg in i det svagt upplysta stallet fylldes näsan av doften av hö och häst, vilket jordade henne i uppgiften. Där, i det bortre hörnet, stod Richard, lång och rak medan han kärleksfullt ryktade ett glänsande fuxsto. Det mörka håret föll över pannan och skymde delvis intensiteten i de klarblå ögonen. När han blickade upp och fick syn på Theresa snuddade ett tveksamt leende vid hans läppar.

”Theresa”, började han, men hon avbröt honom, oförmögen att hålla tillbaka stormen av känslor som rasade inom henne.

”Richard, hur kunde ni?” krävde hon och satte händerna i sidan medan hon blängde på honom. ”Clara råkade höra ditt samtal med General Harcourt. Hon är livrädd att ni ska skicka iväg henne och hennes systrar, bara för att ni ska kunna gifta er med fröken Harcourt!”

Hans ansikte bleknade, och mjukheten i blicken ersattes av stålfast beslutsamhet. ”Theresa, jag ...”

”Har det någonsin fallit dig in”, fortsatte hon, tårar stack i ögonvrårna, ”att de där flickorna är mer än bara någon börda? Att de ser er som sin riktige far och Belle Haven som sitt hem?”

”Självklart vet jag det!” protesterade Richard, lade ifrån sig ryktborsten och klev närmare henne.

”Varför då, Richard?” bad Theresa, rösten sprack. ”Varför ens överväga att skicka bort dem?”

Han andades tungt ut, drog handen genom håret medan han brottades med sina tankar. Till sist mötte han Theresas bruna blick, den egna glimmade av uppriktighet.

"Theresa, ni har helt fel", sade han bestämt. "Flickorna är mina döttrar, och så är det bara. Jag skulle aldrig skicka bort dem, varken för fröken Harcourt eller någon annan."

"Vad talade ni då om med General Harcourt?" frågade hon, rösten darrade av osäkerhet.

"Hans förväntningar, hans åsikter ... men de styr inte mina val", svarade Richard utan att vika med blicken. "Kärleken jag hyser för mina döttrar väger tyngre än alla samhällsförväntningar. Belle Haven är deras hem, och jag är deras far, i varje bemärkelse som räknas. Jag bad Harcourts lämna Belle Haven och inte komma tillbaka."

"Verkligen?" frågade hon, hjärtat lättade av hopp.

"Sannerligen", bekräftade han, och leendet bredde ut sig. "Jag har ingen avsikt att böja mig för deras vilja eller deras förväntningar. Flickorna är mina döttrar och så är det bara."

Theresa tvekade innan hon talade igen. "Richard", började hon mjukt och försiktigt, "jag vet att ni inte bryr er om att gifta er in i societeten, men fröken Harcourt är verkligen vacker, och jag är säker på att det finns andra damer som gärna skulle bli er hustru. Ni är ju rätt förmögen nu, trots allt."

Hon vred tankspritt en lös slinga av sitt musbruna hår runt fingret medan hon fortsatte: "Kanske skulle en änka vara mer benägen att acceptera flickorna, villig att uppfostra dem som sina egna?"

Richard lutade sig mot den stadiga stallportens karm, de blå ögonen tankfulla när han betraktade Theresa. Eftermiddagssolen målade hans markerade drag i ett gyllene ljus och fick honom att se ännu stiligare ut än vanligt.

”Theresa”, sade han långsamt, ett varmt leende drog i mungiporna, ”jag har redan funnit den kvinna som jag är tämligen säker på att flickorna skulle vilja ha till mor, om de fick rösta.” Han gjorde en paus, lät orden hänga i luften ett ögonblick innan han tillade: ”Hon har funnits rakt under näsan på mig i ganska lång tid.”

Theresa blinkade medan hon försökte tyda Richards gåtfulla yttrande. Hon letade febrilt i minnet efter senaste tidens möten med lämpliga änkor eller andra damer som kunde ha vunnit Richards gunst.

”Vem?” frågade hon uppriktigt förbryllad. ”Jag kan inte komma på någon som ...”

”Theresa”, avbröt han och tog ett steg närmare. ”Ni har tagit hand om dem ända sedan de kom, vårdat dem precis som en mor skulle. Ni har blivit en del av vår lilla familj.”

Hjärtat snubblade till i bröstet, och hon kände sig både smickrad och förvirrad av hans ord. Innan hon hann svara lutade sig Richard fram och tryckte mjukt sina läppar mot hennes i en öm, kysk kyss.

Kapitel nio

Förvirringen virvlade i Theresas huvud när hon varsamt drog sig bort från Richard, med ögonen vidgade av förvåning. ”Jag... jag behöver lite tid att tänka”, stammade hon, med kinderna blossande.

”Självklart”, mumlade Richard. Han såg hur Theresa hastigt drog sig tillbaka, med hjärtat som bultade i bröstet.

Hon skulle ha sadlat Ballerina och ridit därifrån, flytt så fort hon kunde från känslor hon inte visste hur hon skulle hantera, men eftersom Richard var i stallet var hon hänvisad till sina egna två ben, vilket kanske var lika gott. Hon kunde ha fortsatt och aldrig kommit tillbaka.

I stället gick hon, och fötterna bar henne utan att hon visste vart.

Så småningom nådde hon en stilla bäck som låg inbäddad mellan två dungar av pilträd, och hon slog sig ner vid vattenbrynet för att tänka. Hon doppade fingerspetsarna i det svala, klara vattnet och såg hur det krusade sig bort från hennes beröring.

"Richard", viskade hon, och namnet hängde tungt i luften. Hon kunde inte förneka de känslor som hade vuxit inom henne ända sedan hon kom till Belle Haven, men nu när han hade kysst henne kände hon sig mer osäker än någonsin. Hyste han verkligen känslor för henne, eller var allt bara en del av någon utstuderad plan hon inte förstod?

Theresa suckade, drog upp knäna mot bröstet och vilade hakan på dem. Hon älskade livet hon hade funnit här, med Richards döttrar och bland hästarna och det vackra landskapet, men hon stod inte ut med tanken på att gifta sig utan kärlek. Att vara med Richard och ändå för alltid tvivla på hans känslor skulle vara mer än hennes hjärta orkade bära.

Medan hon satt där, försjunken i tankar, sjönk solen under horisonten och lämnade en hisnande palett av rosa och lila över himlen. Det mjuka klucket från vattnet mot strandkanten verkade stilla hennes upprispade nerver.

"Richard", mumlade hon igen för sig själv, och prövade namnet som om det, uttalat högt, kunde ge klarhet åt hennes trassliga tankar. Hon visste, djupt inom sig, att hans frieri var mer än hon någonsin hade kunnat hoppas på i sina vildaste drömmar. Ett äktenskap med en vänlig och stilig man som delade hennes kärlek till hästar, som skulle göra henne till mor åt de tre små flickor hon avgudade – det var en saga som blivit sann. Och ändå...

"Älskar han mig?" undrade hon och ryckte tanklöst upp en maskros som hon snurrade mellan fingrarna. Hennes hjärta svällde av ömhet för honom, men kände han likadant? Eller var det bara pliktkänsla och ansvar som drev honom att erbjuda henne sin hand i äktenskap?

"Theresa", tillrättavisade hon sig själv milt, "du måste vara praktisk. Med eller utan kärlek är detta en chans du inte har råd att tacka nej till." Om hon accepterade hans frieri skulle hon inte bara få en kärleksfull make utan också tryggheten och värmen i ett hem hon aldrig tidigare hade känt.

"Kanske", viskade hon till brisen, "kanske kan jag lära mig leva med det om han aldrig älskar mig så som jag hoppas..." Men hjärtat värkte vid tanken, och hon kunde inte låta bli att känna en kall rysning av ensamhet, även när solnedgångens varma färger svepte in henne.

"Fröken Wilkes?" ropade en trevande röst som hördes bakom henne. Theresa tittade upp och fick se en av Richards stalldrängar komma emot henne, med mössan hårt knuten mellan händerna. "Ursäkta, fröken, men Sir Richard bad mig titta till er. Det börjar bli sent, och han är orolig."

"Tack, Thomas", svarade hon mjukt och fick fram ett litet leende åt den unge mannen. "Jag återvänder till huset strax."

När stalldrängen nickade och drog sig tillbaka tog Theresa en sista dröjande blick mot den bleknande himlen, som om hon sökte gudomlig visdom i dess djup.

Sedan reste hon sig med en beslutsam suck och började gå tillbaka mot Belle Haven, varje steg förde henne närmare ett avgörande som skulle förändra hennes liv för alltid.

”Åh, fröken Wilkes!” ropade fru Babcock när hon steg in i huset, och Theresa sträckte på ryggen och pressade fram ett leende.

”Fru Babcock. Förlåt att jag är tillbaka så sent. Fick Molly flickorna i säng ordentligt?”

”Helt utmärkt, fröken... ni har besök. Hon är i köket.”

”En besökare?” undrade Theresa förbryllat och rynkade pannan. Hon kunde inte föreställa sig vem som kunde ha kommit för att träffa henne, särskilt inte så här sent på kvällen.

”Theresa!” Det var ett bekant ansikte som såg upp mot henne från en stol vid köksbordet, en kvinna hon inte hade sett på över ett år, sedan hon lämnade barnhemmet på Duke Street. Helen Milnes, flickan som nästan hade fått Theresas arbete. Helens gyllene lockar inramade hennes vackra ansikte, och de blå ögonen glittrade av lättnad när hon fick syn på Theresa.

”Men kära nån, Helen! Vad för dig hit?” frågade Theresa och sköt för ett ögonblick undan tyngden av Richards frieri.

Helen tvekade och sänkte blicken mot de knäppta händerna. ”Jag har lämnat min plats i London”, medgav hon tyst, med en lätt skälvning av skam i rösten. ”Allt blev inte som jag hade hoppats.”

”Använd mitt sällskapsrum”, sa fru Babcock vänligt och kastade en blick mot kökspersonalen, som kikade nyfiket på den nyanlända. ”Ni kan tala i fred där.”

"Kom", sa Theresa mjukt och tog redan Helen under armen. "Vi pratar om det över en kopp te." Theresa kunde inte låta bli att känna tacksamhet över den oväntade distraktionen. För ett kort ögonblick bleknade hennes egna bekymmer bort och ersattes av omtanke om vännen.

När de hade slagit sig ner i hushållerskans ombonade sällskapsrum, med rykande tekoppar och ett fat med kex på det lilla bordet mellan sig, tvekade Helen och vred nervöst sina händer i knät. Hennes röst darrade när hon talade. "Jag visste inte vart jag skulle vända mig, Theresa. Jag har gjort ett fruktansvärt misstag."

"Vad det än är", försäkrade Theresa henne, "ska vi hitta ett sätt att ställa allt till rätta. Du kan lita på mig, Helen."

Helen drog ett djupt andetag och mötte Theresas blick. "Jag är med barn, Theresa. Min arbetsgivare... utnyttjade mig och avskedade mig sedan när han fick veta om mitt tillstånd. Jag har ingen annanstans att ta vägen."

Den viskade bekännelsen hängde mellan dem, tung av hjärtesorg och svek. Theresa kände en våg av vrede för Helens skull, men hon sköt den åt sidan och koncentrerade sig på sin väns välbefinnande.

"Er arbetsgivare kan väl ändå inte bara kasta er åt sidan på det viset", sa Theresa stadigt. "Han borde ta ansvar för sina handlingar."

"Det kommer han inte", svarade Helen bittert, med tårarna strömmande nedför kinderna. "Och jag vill inte att mitt barn ska växa upp på barnhemmet på Duke Street. Det livet levde du och jag. Det vill jag inte för mitt eget barn."

Theresa sträckte ut handen och slöt om Helens darrande händer, och gav all tröst hon kunde. I det ögonblicket visste hon att hon skulle göra allt i sin makt för att hjälpa sin vän, även om det innebar att fatta svåra beslut själv.

Theresas hjärta svällde av en vild önskan att skydda Helen och hennes ofödda barn. Om hon skulle gifta sig med Richard, insåg hon i ett ögonblick av klarhet, skulle hon få makt att fatta beslut som kunde förändra liv till det bättre.

"Vänta här", sa Theresa, med ögon som lyste av beslutsamhet. "Jag måste tala med Sir Richard."

"Theresa, vad tänker du göra?" frågade Helen och såg upp på sin vän med en blandning av hopp och oro.

"Lita på mig", svarade Theresa och gav Helens hand ännu en lugnande tryckning innan hon lämnade rummet.

När hon gick uppför trappan till Richards arbetsrum, snurrade Theresas tankar av både förväntan och bävan. Hennes kärlek till Richard hade vuxit stadigt sedan deras första möte, men hon visste att han inte kände detsamma. Ändå kunde hon inte förneka det pragmatiska i deras möjliga äktenskap. Det skulle ge stabilitet och trygghet inte bara åt henne själv utan också åt dem hon brydde sig om.

"Sir Richard?" knackade Theresa mjukt på dörren till hans arbetsrum.

"Kom in", kom hans djupa röst inifrån, varm och välkomnande som alltid.

Hon fann Richard sittande bakom sitt tunga ekbord, de blå ögonen fyllda av oro när han studerade hennes ansikte. "Theresa, är allt i sin ordning?"

"Sir, jag har fattat ett beslut." Hon drog ett djupt andetag och stadgade sig. "Om det behagar er, accepterar jag ert frieri."

"Verkligen?" Richards förvåning var tydlig, men en skymt av lättnad flämtade till i hans blick. "Jag är hedrad, Theresa. Får jag fråga vad som har fört er till detta beslut?"

"Självklart", sa hon och knäppte händerna framför sig. "Det är på grund av min kära vän, Helen. Hon är i akut behov av hjälp, och jag tror att jag som er hustru kommer att kunna ge henne det stöd hon behöver."

"Theresa", sa han mjukt och reste sig från stolen, gick runt skrivbordet och ställde sig framför henne. "Ni behöver inte gifta er med mig enbart för någon annans skull. Om det finns något jag kan göra för att hjälpa er vän, är jag mer än villig att bistå."

"Sir Richard, jag förstår. Men för att vara helt uppriktig finns det många skäl till att jag vill gifta mig med er. Er vänlighet, generositet och förståelse har rört vid mitt hjärta, och att få vara mor åt era döttrar är en dröm jag aldrig trodde var möjlig." Hennes röst darrade av känsla. "Det är dock tanken på att kunna göra skillnad i någon annans liv som har gett mig modet att tacka ja till ert frieri just nu."

"Då låt oss för all del", svarade Richard, "göra skillnad tillsammans."

"Tack", viskade Theresa, med hjärtat svällande av tacksamhet.

"Berätta nu. Vilken sorts bekymmer har Helen hamnat i, och hur kan vi hjälpa henne?" Han tog hennes hand i sin och kramade den mjukt.

”Helen är gravid, utnyttjad av sin arbetsgivare i London och sedan avskedad utan betyg. Hon visste inte vart hon skulle vända sig.” Theresa såg bedjande på honom och bönföll honom att förstå och inte döma.

Richard rynkade pannan, uppenbart arg över orättvisan i Helens situation. ”Stackars flicka”, mumlade han.

”Jag tänkte… Fru Babcock saktar ner men har varit motvillig att gå i pension, även med den ombonade stuga ni har redo för henne. Jag tänkte att Helen kanske kunde ansluta till hushållet som hennes assistent och gradvis ta över hennes uppgifter som hushållerska. Låta henne glida in i en stillsam pension.” Theresa bet sig i läppen och hoppades att Richard inte skulle tycka att hon gått för långt.

”Det låter som en utmärkt lösning på flera olika problem”, sa Richard uppmuntrande. ”Jag tvivlar inte på att fru Babcock blir glad över att ha någon ung och energisk som kan ta över en del av hennes sysslor. Och Helen kan ta ledigt när hennes barn föds, och de kommer aldrig att behöva skiljas åt.”

”Jag visste att ni skulle förstå”, viskade Theresa, nästan överväldigad av tacksamhet.

”Kom. Låt oss gå tillsammans så kan du tala med Helen om hennes nya roll, och jag ska försäkra henne om att både hon och hennes barn är trygga här på Belle Haven så länge de vill.” Han kramade hennes hand, och sedan breddades hans leende. ”Och sedan får vi tänka på hur vi ska berätta för flickorna att du nu ska vara deras mor. Jag medger att jag knappt kan vänta på att få se deras glädje!”

Theresas leende i retur var genuint. Att få bli mor till Clara, Anna och Eliza var en gåva över vilken hon aldrig skulle kunna vara tillräckligt tacksam.

Följande eftermiddag spred solen en gyllene ton över trädgårdarna på Belle Haven när Helen stod vid fönstret och såg Theresa och Richard promenera tillsammans längs grusgången. Tacksamhet fyllde hennes hjärta när hon tänkte på det nya liv som så generöst hade erbjudits henne.

"Fröken Milnes", kom fru Babcocks milda röst bakom henne. "Får jag be om ett ord?"

"Självklart, fru Babcock", svarade Helen och vände sig mot den äldre kvinnan med ett respektfullt leende.

"För det första", började fru Babcock, och de fårade dragen mjuknade till ett varmt leende, "måste jag tacka er för er vilja att stötta mig i min roll här. Det är ingen liten sak att sköta ett hushåll som detta, och er hjälp kommer att vara högt uppskattad."

"Tack, fru Babcock", sa Helen uppriktigt, rörd av den äldre kvinnans nåd. "Det är en ära att få arbeta vid er sida."

"För det andra", fortsatte hushållerskan och fick ett allvarligt uttryck, "anser jag det nödvändigt att tala om er... situation."

Helens kinder blossade, skam och oro som rörde om inom henne. Hon visste vad fru Babcock syftade på –

hennes skamliga graviditet. Att de andra i tjänstestaben snart skulle upptäcka hennes hemlighet, när det inte längre gick att dölja den växande magen, gjorde bara hennes bekymmer större.

"Snälla", sa fru Babcock varsamt och lade en tröstande hand på Helens arm, "oroa er inte. Jag förstår de omständigheter ni befinner er i, och jag håller er inte ansvarig för vad en man utan moral har gjort mot er."

"Tack", viskade Helen, med rösten tjock av känslor. "Ni kan inte ana vilken lättnad det är att höra de orden."

"Men", fortsatte den äldre kvinnan, med fast men medkännande ton, "det är viktigt att vi skyddar inte bara ert rykte utan även Belle Havens. Därför föreslår jag att ni antar rollen som en aktningsvärd änka, så att skvaller och spekulationer hålls till ett minimum. Ni är *fru* Milnes från och med nu, förstår ni? Er make var sjöman, kanske, som gått förlorad till havs. Fröken Wilkes hörde om er sorg och skrev för att erbjuda er tjänsten här som min assistent."

"Självklart", instämde Helen och nickade högtidligt. "Jag ska göra vad som än krävs för att bevara min plats här och återbetala den vänlighet som har visats mig." Det var en liten lögn att säga, för att skydda hennes barn.

"Mycket bra", sa fru Babcock med ett leende och klappade henne lugnande på handen. "Nu ska vi tala om era uppgifter som hushållerskeelev. Det är mycket ni behöver lära er om ni ska lyckas i er roll."

Medan Helen lyssnade uppmärksamt på fru Babcocks instruktioner, kände hon en förnyad känsla av målmedvetenhet strömma genom ådrorna. Även om framtiden skulle bli full av prövningar var hon fast besluten att ta vara på den här chansen och skapa ett bättre liv för sig själv och sitt ofödda barn.

"En månad?" undrade Theresa. Hon satt på den eleganta schäslongen i Richards arbetsrum och stirrade på honom. Han hade bett henne komma in efter deras promenad i trädgården för att diskutera detaljerna kring deras bröllop. De hade förstås berättat för flickorna tillsammans allra först på morgonen, och nästan den första frågan från Claras läppar hade varit:

"När blir bröllopet?"

"Tre veckor för lysningen", konstaterade Richard. "Vi skulle förstås kunna gifta oss tidigare med särskild licens, men jag tycker inte att det är nödvändigt, eller hur? Det skulle bara väcka skvaller. Och faktiskt, för att undvika skandal, tycker jag att det är bäst om jag flyttar ut härifrån tills bröllopet."

Theresa log, och han visste vad hon tänkte. Många ansåg redan att allt med hans hushåll var skandalöst, men Richard kände sanningen. Han visste också att han inte för något i världen skulle utsätta Theresa för onödigt skvaller, och därför skulle han flytta ut för att skydda hennes rykte.

"Jag ska tala med prästen om lysningen i morgon, och sedan måste jag ändå till Sandhurst med en leverans hästar." Han tog hennes hand, kysste den mjukt och njöt av den lätta rodnad som steg på hennes kinder av hans galanta uppmärksamhet. "Som alltid litar jag fullt ut på att ni sköter allt här på Belle Haven, även de arrangemang ni vill göra för bröllopet. Beställ nya klänningar åt er själv, och åt flickorna, vad ni än önskar. Vi har inte tid att beställa era bröllopskläder från London, men kanske tar vi en resa efter bröllopet och då kan ni beställa precis vad ni vill."

"Ni är för generös", mumlade Theresa och såg överallt utom på honom. "Ursäkta mig? Jag är säker på att flickorna redan springer Molly trött."

"Självklart." Han suckade och reste sig artigt när hon gjorde det. Hon skulle just niga när han räckte ut en hand för att stoppa henne och skakade på huvudet. "Theresa – ni behöver inte göra det längre. Ni blir snart min hustru. Lady Bell."

Hennes ögon flög upp mot hans vid det, läpparna särades i förvåning, och han log. "Låter det märkligt? Vänj er."

"Lady Bell", viskade hon, nästan ohörbart, och skakade långsamt på huvudet innan hon lät ett litet skratt undslippa. "Av alla de vildaste dagdrömmar jag tillät mig på barnhemmet, kom ingen i närheten av det här!" Hennes leende var som solsken när hon såg på honom. "Ni har uppfyllt varenda längtansdröm jag någonsin hade, och mer därtill. Tack, Richard. Tack!"

Hon var borta innan han hann säga till henne att tack inte var nödvändigt, att hon förtjänade allt han kunde ge henne, och mer därtill.

I arbetsrummets stilla ensamhet tillät sig Richard att begrunda den obestridliga sanningen: han kunde inte längre föreställa sig sitt liv utan Theresa i det. Hon hade blivit en oumbärlig del av hans värld – en ledstjärna i hjärtats stjärnbild.

”Far sade alltid att en man ska gifta sig av praktiska skäl”, funderade han, medan minnet av deras sedan länge förda samtal ekade i hans sinne. ”Ändå kan jag inte låta bli att undra om det finns mer.”

”Sir?” En tveksam röst avbröt hans dagdröm, och Richard vände sig om och fann den äldre fru Babcock stående i dörröppningen.

”Åh, fru Babcock”, sa han och tvingade fram ett leende. ”Vad kan jag göra för er?”

”Förlåt mig, Sir Richard, men Anna har frågat efter er. Hon ville visa er en teckning hon gjorde i dag.” Hushållerskans ögon veckades i ytterkanterna när hon talade, ett tecken på hennes ömhet för den lilla flickan.

”Självklart”, svarade Richard, som alltid glad att tillbringa tid med sina döttrar. När han följde efter fru Babcock ut ur arbetsrummet kunde han inte låta bli att tänka på familjen han höll på att skapa – inte bara för sin egen skull, utan också för Theresas.

”Anna, se vem jag har med mig!” utropade fru Babcock när de steg in i den ombonade salongen där flickorna hade samlats.

”Far!” ropade Anna och rusade mot Richard med teckningen hårt klämd i de små händerna. ”Titta vad jag har gjort till dig!”

Richard gick ner på knä, tog papperet och beundrade den enkla men innerliga skildringen av deras familj. Ett mjukt leende lekte över hans läppar när han såg på varje ansikte – Clara, Anna, Eliza och förstås Theresa.

"Tack, min älskling", sa han milt och drog Anna intill sig i en kram. "Den här ska jag alltid vårda." Han skulle rama in den och hänga den i sitt arbetsrum. Han log när en tanke dök upp i hans huvud, om den magnifika konsten och gobelängerna på Prinsregentens palats väggar. Kontrasten kunde inte vara större, men Richard visste att den här enkla teckningen, gjord med kärlek, skulle ge honom långt större glädje än något dyrbart konstverk någonsin skulle kunna göra.

Allt eftersom kvällen fortskred fann Richard sig själv kasta stulna blickar på Theresa, som satt vid elden med blicken fäst vid boken i knät medan hon läste högt för hans döttrar. Hennes närvaro fyllde rummet och värmde honom som lågornas flämtande dans i härden.

"Theresa", tänkte han och lät hennes namn slingra sig kring hans hjärta ännu en gång. "Min älskade, mitt liv."

I det ögonblicket lovade Richard sig själv att han skulle värna och skydda Theresa, inte enbart av plikt, utan därför att hon hade blivit en del av honom, invävd i själva väven av hans väsen.

Nästa dag skulle han lämna Belle Haven för att skydda hennes rykte och inte återvända förrän några dagar före bröllopet, men han lovade sig själv att ge Theresa all den tid hon behövde för att bli förälskad i honom – precis som han redan älskade henne.

Kapitel tio

SOLEN STEG SÖMNIGT ÖVER horisonten och spred varma
gyllene strålar över den stilla byn Belle Haven. Theresa stod
vid grindarna till godset, hjärtat bultade av en blandning av
förväntan och oro. Richard hade just talat med den lokale
kyrkoherden och slutfört deras planer på att ta ut lysning
inför bröllopet. Allt skedde så fort, men Theresa kände
som om hennes liv hade lett fram till just den här stunden.

"Theresa, min kära", sade Richard mjukt, med ögon
som glänste av tillgivenhet. "Jag måste resa till Sandhurst
nu för att leverera de här hästarna. Jag är tillbaka innan du
vet ordet av, och då gifter vi oss." Han såg på de ståtliga häs-
tarna som tålmodigt väntade på honom, deras andedräkter

synliga i den krispiga morgonluften. Deras välvårdade pälsar glittrade i solskenet och vittnade om den omsorg och hängivenhet Richard lade ned på sitt arbete.

"Självklart, Richard", svarade hon med ett darrande leende och försökte stilla sina rusande tankar. Hon visste att Richards passion för hästar var det som hade fört dem samman, men tanken på att vara ifrån honom under en så avgörande tid gjorde henne ängslig. Tänk om något skulle hända medan han var borta?

"Lovar du att du tar hand om dig?" frågade hon, med rösten darrande.

"Theresa, du har mitt ord", försäkrade han, och hans blå ögon mötte hennes med övertygelse. "Du tar hand om mina flickor. Du är den mest otroliga kvinna jag någonsin har känt, och jag litar fullständigt på dig."

Med en mjuk beröring av handen mot hennes kind vände sig Richard om och svingade sig upp i sadeln.

"Adjö, min älskade", ropade han över axeln, och Theresas hjärta svällde av kärlek när hon såg honom försvinna i fjärran.

Hon stod kvar en stund till och tog in morgonens skönhet och allt den lovade. Richard hade gett henne ett nytt liv, fyllt av kärlek och mening. När hon vände sig om för att gå tillbaka mot herrgården kunde Theresa inte låta bli att förundras över den otroliga resa som hade fört henne hit. Från en enkel föräldralös flicka med en kärlek till hästar, till blivande hustru till den vänlige och omtänksamme Sir Richard Bell, husfru på detta magnifika gods – det var en berättelse hon knappt vågade tro på.

”Fröken Theresa!” ropade Clara när hon kom skuttande över gräsmattan, med systrarna Anna och Eliza hack i häl. ”Kom och se vad vi har hittat!”

”Nåväl, mina älsklingar”, svarade Theresa, och hennes sinnesstämning ljusnade när hon borstade bort de kvarvarande tvivlen. Hon visste att Richard skulle vara tillbaka innan länge, och deras liv tillsammans skulle verkligen börja. Under tiden bestämde hon sig för att ta vara på varje stund med barnen som hade kommit att betyda så mycket för henne.

”Visa mig vad ni har upptäckt”, sade hon beslutsamt och följde flickorna mot deras senaste äventyr. Och när de sprang genom det daggkyssade gräset visste Theresa att oavsett vilka prövningar som väntade skulle den kärlek de delade bära dem igenom.

Under de följande dagarna blev Theresas liv en virvelvind av aktivitet. Hon hade knappt en stund att sakna Richard när hon sysselsatte sig med förberedelserna inför det snabbt annalkande bröllopet. En morgon förde hennes målmedvetenhet henne till den lokala sömmerskans dörr, i sällskap med Clara, Anna och Eliza.

”God dag, fru Brown”, hälsade Theresa den vänliga sömmerskan när de klev in i den lilla men charmiga butiken. En palett av tyger i olika nyanser och mönster prydde väggarna och skapade en ombonad atmosfär som Theresa fann rogivande.

”Åh, fröken Wilkes!” utbrast fru Brown med ett varmt leende. ”Vad kan jag hjälpa er och de unga damerna med i dag?” Kvinnans ivriga uttryck talade om för Theresa att hon redan var väl medveten om att bröllopsdagen närmade sig med stormsteg.

Theresa kunde inte låta bli att le åt flickornas förväntansfulla uttryck. "Vi är här för att få nya klänningar sydda till det kommande bröllopet", förklarade hon, och kinderna hettade vid tanken. "En var till oss, tack. Och skulle det vara möjligt att sy varsin till Molly Tate och Helen Milnes också? De är goda vänner till mig."

"Självklart, min kära", svarade fru Brown och for omkring i butiken medan hon började samla material. "Nu ska vi se vad vi kan hitta till er alla."

Medan sömmerskan arbetade bytte Theresa blickar med flickorna, och hennes hjärta fylldes av tillgivenhet för dem. Den delade entusiasmen var påtaglig, och hon kände sig säker på att de här stunderna skulle bli dyrbara minnen i många år framöver.

"Fröken Theresa", viskade Anna och drog henne i ärmen, "jag tycker att den här skulle vara ljuvlig på dig." Hon visade henne en rulle mjukt ljunglila tyg, och hennes ögon glittrade.

"Tack, Anna", svarade Theresa, rörd av flickans omtanke. "Det är ett vackert val, men jag tror att det är väldigt dyrt... det där är siden."

"Vad det beträffar, fröken Wilkes", avbröt fru Brown, "tittade Sir Richard in i min butik innan han reste. Han lade en handpenning för att sy klänningar till er och flickorna att bära på bröllopet, vilket, det kan jag försäkra er, mer än väl täcker kostnaden för en klänning av det där sidentyget."

”Åh.” Theresa hade just varit på väg att ställa tillbaka sidentyget på hyllan, men nu stannade hon och såg på det. ”Det är verkligen förtjusande.”

”Och se vad jag har här.” Fru Brown log brett och drog fram en rulle mönstrad muslin med små blommor broderade i exakt samma ljunglila färg. ”Vi skulle kunna sy klänningar till er tre av det här, och då matchar ni er nya mor, vad säger ni?”

Alla tre flickorna klappade händerna och hoppade upp och ner, med ansikten som strålade.

”Nåväl”, gav Theresa med sig och skrattade. ”Jag hoppas att ni har några band i en liknande färg att trä genom deras hår?”

”Jag är säker på att vi kan hitta något, fröken Wilkes! Nu tar vi mått på er allihop så att vi kan sätta igång med sömnaden.”

Med bara några dagar kvar till bröllopet höll Theresa på med blomsterarrangemangen i herrgården när hon kände en frän lukt i luften. Med en rynka mellan ögonbrynen blickade hon ut genom fönstret och såg en plym av rök vältra sig upp från förrådsboden där höet förvarades för att utfodra hästarna under vintern.

”Brand!” ropade hon, med hjärtat bultande, och rusade mot dörren. Paniken sköt genom hennes ådror när hon föreställde sig den förödelse som kunde vänta.

"Theresa, vad händer?" frågade Clara, med rösten darrande av rädsla.

"Stanna inne, flickor", instruerade Theresa, med rösten stadig trots skräcken. "Jag måste gå och se vad som kan göras." Hon sprang mot boden, och hennes tankar rusade av oro för de dyrbara liv som var beroende av henne. Lågorna hade redan slukat förrådsbodens halmtak, och till sin fasa insåg Theresa att det angränsande lilla stallet, där flickornas ponnyer stod, också riskerade att fatta eld.

"Fröken Theresa!" Elizas skrämda rop nådde henne när flickan kom utspringande från herrgården, flankerad av Clara och Anna, med ögon stora av skräck.

"Flickor, håll er tillbaka!" befallde Theresa, med spänd röst, medan blicken flackade mellan barnen och de annalkande lågorna.

"Jag tar dem!" ropade Helen, sprang ut och grep tag i flickorna och hindrade dem från att följa efter Theresa. "Nej, Molly, stanna hos mig – hjälp mig att hålla fast dem!"

Övertygad om att Helen skulle hålla flickorna trygga tog Theresa mod till sig och närmade sig stallet där ponnyerna stod, medan hettan blev allt intensivare för varje steg. Elden hade redan börjat slicka träväggarna, och hon visste att det inte skulle dröja länge innan stallet stod i lågor.

"Kom nu, mina älsklingar", viskade hon, kvävande av den stickande röken när hon slet upp stalldörren och rusade in. De panikslagna gnäggningarna från de instängda ponnyerna skar genom luften och drev henne vidare.

"Lugnt, lugnt", mumlade hon och försökte lugna dem medan hon fumlade med haspen på den första spilta. Så snart hon lyckades få ut en ponny gick hon vidare till nästa, hjärtat bultade i bröstet.

"Snälla, Herre, beskydda dem", bad hon tyst, tårarna strömmande över det sotiga ansiktet medan elden dånade allt närmare.

Äntligen på väg hem efter tre trista veckor på Sandhurst red Richard, ivrig inför det som väntade honom; hemmets värme, där de älskade ansiktena hos Theresa och hans döttrar skulle vara en balsam för hans trötta hjärta.

"Snart", mumlade han till sin häst, som hade fått vittring på hemmet och försökte öka tempot. "Lugnt, pojke, trötta inte ut dig nu. Vi är nästan framme."

När han nådde krönet på den sista kullen, stockade sig andan i halsen på Richard vid synen som mötte honom. En röd glöd målade horisonten, och mörka rökslingor vävde sig upp i den allt djupare skymningshimlen. Paniken svällde inom honom, och han drev in hälarna i hästens sidor och skickade den i fullt språng mot Belle Haven.

När han kom närmare blev kaoset uppenbart. En vattenkedja bemannad av stalldrängar och tjänstefolk arbetade oförtrutet och kastade hink efter hink på de glupska lågorna som girigt slukade förrådsladan. Luften var tjock av den stickande stanken av brinnande hö, och Richards ögon tårades av den brutala attacken mot hans sinnen.

"Pappa!" ropade Clara till honom, med ögonen vidgade av skräck. Hon stod bredvid Helen, Molly och sina systrar; alla märkbart skakade men oskadda, och på betryggande avstånd från elden. Lättnad sköljde genom honom, men den ersattes snabbt av ett rus av panik när han insåg att Theresa inte var med dem.

"Var är hon?" krävde han, rösten skälvande av rädsla. "Var är Theresa?"

"Pappa", kraxade Anna fram, tårarna strömmande nerför hennes kinder, "hon gick in i stallet för att rädda ponnyerna."

"Theresa sa åt oss att stanna här hos Helen och Molly", lade Eliza till, de små händerna darrande när hon grep tag i Helens kjol.

Richards hjärta kändes som om det slets ur bröstet på honom. Han visste hur mycket Theresa älskade hästar, men tanken på att hon riskerade livet för dem skickade vågor av skräck genom honom. Han stod inte ut med tanken på att förlora henne – inte nu, inte någonsin.

"Stanna här", befallde han, rösten sprucken av känslor. "Rör er inte från den här platsen." Han kastade tyglarna till Molly och litade på att hon skulle ta hand om djuret.

Richards hjärta dunkade i öronen när han sprang mot det brinnande stallet, medan hetta och rök kvävde honom vid varje ansträngt andetag. Lågornas sprakande och de instängda ponnyernas panikslagna skrin fyllde luften och dränkte ljuden från vattenkedjans desperata försök att få bukt med elden. Han bad att Theresa skulle komma ut oskadd, men för varje sekund som gick tynade hoppet.

"Theresa!" ropade han, hes av röken. "Var är du?"

Som svar på hans bön flög den brinnande stalldörren plötsligt upp, och där var hon – Theresa, barbacka och gränsle på den lurvige lille Duck, med kjolarna uppdragna till knäna och hans man svedd och rykande. Bakom henne galopperade Annas och Claras ponnyer ut, med ögonen vidöppna av skräck.

"Richard!" flämtade hon, kvävande av den stickande luften.

"Theresa!" Lättnaden forsade genom honom som en flod och sköljde bort rädslan som hade hållit hans hjärta i ett skruvstäd. I det ögonblicket visste han att han aldrig kunde släppa henne igen.

Han grep tag i henne och drog henne nästan av den darrande ponnyn. Deras läppar möttes i en våldsam, desperat kyss som tycktes uttrycka all den kärlek och längtan de båda hade hållit tillbaka så länge. När de skilde sig åt borrade Richard blicken i hennes, de blå ögonen brinnande av känslor.

"Theresa, vad tänkte du på?" krävde han, rösten skälvande av kvävd ilska. "Du kunde ha blivit dödad! Hur kunde du riskera livet för de där hästarna?"

En skymt av trots flammade till i hennes bruna ögon, trots tårarna som steg när hon kvävdes av röken. "Jag kunde inte bara stå och se på medan de satt instängda", svarade hon, rösten darrande av utmattning. "Jag var tvungen att göra något."

"För helvete, Theresa", morrade Richard och drog henne tätt intill sig, medan han borrade ansiktet i hennes råttbruna hår. "Du kunde ha dött. Jag står inte ut med tanken på att förlora dig."

"Richard", viskade hon och klamrade sig fast vid honom som om han vore hennes livlina. "Jag är så ledsen. Jag menade inte att skrämma dig."

"Skrämma mig?" mumlade han mot hennes öra, rösten tjock av känslor. "Du skrämde livet ur mig. Men jag måste erkänna... jag hade gjort samma sak. Du är en själsfrände, Theresa. Din kärlek till de här djuren är en av många orsaker till att jag har blivit förälskad i dig."

"Verkligen?" frågade hon, och drog sig tillbaka för att se honom i ögonen, sökande efter sanningen i hans ord.

"Theresa", sade han, hes efter att ha ropat över de rytande lågorna, "jag vet inte vad mina flickor och jag skulle göra utan dig. Du har blivit hjärtat i Belle Haven."

Orden sköljde över henne som en balsam och lindrade de råa kanterna av hennes rädsla. Hon såg sig omkring och tog in scenen framför sig: stallfolket som arbetade oförtrutet för att släcka elden; Helen, Molly och Richards döttrar som tryckte sig samman, tårvätta men lättade.

"Richard, jag..." Hon tvekade, utan att veta hur hon skulle uttrycka djupet av sin tacksamhet för hans ord, för hans kärlek – och för familjen som de hade skapat tillsammans.

"Sch", viskade han och lade ett finger mot hennes läppar. "Det blir tid att prata senare. Just nu måste vi se till att alla är i säkerhet."

Theresa nickade, förstående allvaret i hans röst. När hon vände sig om för att hjälpa till var hennes tankar ett virrvarr av känslor. Det var sant att hon hade räddat ponnyerna, men hade inte Richard i sin tur räddat henne? Han hade tagit emot henne när hon inte hade någon annanstans att ta vägen, gett henne ett hem och gett henne en känsla av samhörighet som hon aldrig tidigare hade känt.

"Richard", ropade hon när han började gå därifrån med långa steg, den långa gestalten myndig mitt i kaoset. Han stannade och kastade en blick bakåt mot henne, och Theresa såg den ömma hängivenheten i hans ögon.

"Lova mig en sak", vädjade hon, rösten darrande av känslor.

"Vad som helst", svarade han, blicken stadig och orubblig.

"Lova att vi alltid möter prövningarna tillsammans – som en familj."

Richards blick mjuknade, och han korsade avståndet mellan dem med några få, långa steg. Han lutade sig ner och tryckte läpparna mot hennes i ett mjukt, men ändå glödande, löfte.

"Alltid, min älskade. Alltid."

Kapitel elva

”ETT BREV TILL ER, Lady Bell.”

Det tog Theresa några ögonblick att inse att tjänsteflickan talade till henne. *När ska jag någonsin vänja mig vid att kallas Lady Bell?* tänkte hon förtvivlat, tackade flickan och tog emot brevet. Hon höjde på ögonbrynen när hon vände på det och såg att det kom från fru Hatton på barnhemmet på Duke Street. Richard hade skrivit för att underrätta fru Hatton om deras äktenskap, men Theresa hade inte väntat sig något svar. Hon sjönk ned i en stol vid elden, bröt sigillet och vecklade ut papperet.

Kära Theresa, läste hon, *jag har nyligen fått veta att du gift dig med Sir Richard Bell och jag måste framföra mina innerligaste gratulationer. Det värmer mig att veta att du har funnit lyckan i ett så kärleksfullt hem.*

Theresas läppar formade ett mjukt leende, minnet av bröllopsdagen för tre veckor sedan var fortfarande tydligt. Clara, Anna och Eliza hade varit så överlyckliga över att få delta i varje del av firandet, och deras skratt hade klingat som musik genom salarna på Belle Haven.

När hon läste vidare skrev fru Hatton, *jag vill också uttrycka min tacksamhet för din omsorg och vänlighet mot Helen Milnes. Även om våra vägar har skilt sig åt är det en tröst att veta att banden mellan dem som en gång delade väggarna på vårt anspråkslösa barnhem förblir starka.*

Theresa kände en våg av värme vid tanken på Helen, som hade blomstrat i den varma, kärleksfullt inkluderande atmosfären på Belle Haven, samtidigt som hennes mage växte med det lilla barnet. Det var ett nöje att ha en förtrogen när Theresa påbörjade det här nya kapitlet i sitt liv.

Tack för att du är ett strålande exempel på hopp och uthållighet för dem som är kvar på Duke Street, och för att du visar att även de allra enklaste början kan leda till liv fyllda av kärlek och glädje. Din godhet mot Molly har också varit föredömlig – jag medger att jag hade svårt att se hur vi skulle kunna hitta en lämplig placering för Molly, men jag har fått två brev från henne sedan hon kom till er och hon är uppenbart lycklig.

Det gjorde Theresa ännu varmare om hjärtat. Molly hade en okonventionell ställning i hushållet och hade format sin egen roll till att vara mer av en assistent åt Richard än åt Theresa eller Helen. Oftast gick hon honom i hälarna ute hos hästarna och höll på att bli en orädd ryttare som vågade ta sig an hinder som skulle ha skrämt vettet ur Theresa.

Brevets innehåll slutade dock inte där, och leendet gled av Theresas ansikte när hon läste vidare.

Jag skriver för att fråga om du och Sir Richard skulle kunna överväga att ge en ung kvinna i nöd en fristad. Hon är syster till hertigen av Allanworth och har dessvärre funnit sig med barn och ogift.

Theresas hjärta drog ihop sig av medkänsla med flickan. Hon mindes alltför väl den desperation och rädsla som låg tung över barnhemmet när en flicka hamnade i en sådan situation. Fast besluten att hjälpa om hon kunde sökte hon genast upp Richard.

Hon fann honom i biblioteket, där doften av läderinbundna böcker fyllde luften. Hans mörka hår var rufsigt och de klarblå ögonen glänste av koncentration när han studerade ritningarna till ett nytt stenstall som skulle ersätta det gamla trästallet som förstörts i branden. Han såg upp när hon kom in, och hans ansikte mjuknade i ett varmt leende.

”Theresa, vad för dig hit?” frågade han och lade arbetet åt sidan.

”Richard, jag har fått ett brev från fru Hatton”, svarade hon, uppriktigt. ”Hon frågar om vi skulle kunna ta emot en ung kvinna som är... i en desperat situation.”

”Desperat? Vad menar du?”

”Hon är av adlig börd, men hon har hamnat med barn utanför äktenskapet”, förklarade Theresa, med blicken bedjande för att han skulle förstå.

Richards ögonbryn rynkades, och han tog brevet av henne för att läsa själv. Medan han gjorde det iakttog Theresa hans ansikte noga, i hopp om att skymta en glimt av medkänsla. Den fanns där, under oron – samma ömhet som hade dragit henne till honom från första början. Hon visste att han förstod flickans utsatta läge lika väl som hon.

"Skulle du vara villig att hjälpa henne, Richard?" frågade hon mjukt, med händerna stilla sammanflätade i tyst vädjan.

"Theresa, jag..." han tvekade och sökte hennes blick. "Jag oroar mig för vilka följder det kan få att härbärgera någon med sådana förbindelser under de här omständigheterna. Helen... tja, hon är inte syster till en mäktig adelsman."

"Snälla, Richard", bad hon. "Vi kan inte vända ryggen åt någon i nöd. Vårt hushåll är stort nog för att dölja en person till, särskilt någon så sårbar som den här stackars flickan."

En lång stund var det tyst medan Richard övervägde hennes begäran, utan att släppa hennes blick. Till slut suckade han och nickade. "Nåväl", gick han med på, milt. "För din skull, Theresa, tar vi emot henne."

Hon såg på när Richard tog fram ett ark pergament och doppade gåspennan i bläckhornet, handen stadig trots beslutets tyngd. Medan han skrev deras svar till fru Hatton, gick Theresas tankar till alla förberedelser som behövde göras. Ett rum måste ställas i ordning, och kanske borde en läkare tillkallas, med tanke på gästinnans känsliga tillstånd.

En vecka senare anlände en vagn till Belle Haven, under nattens skydd. Hjulen knastrade mot grusallén och stannade framför den stora entrén. Theresa, med hjärtat bultande av förväntan, steg fram för att välkomna deras hemlighetsfulla gäst.

Dörren till vagnen svängde upp och ut klev en nätt gestalt, beslöjad och insvept i kappa. När Lady Laura steg fram kunde Theresa inte låta bli att beundra hennes fina blonda hår som föll över axlarna och den skira porslinshyn. Men mest fångade hennes uppmärksamhet den unga kvinnans blå ögon, rödkantade och speglande en sådan rädsla att hon verkade rädd som en liten mus.

”Välkommen till Belle Haven”, sa Theresa mjukt, i ett försök att få henne att känna sig till mods. Hon räckte ut handen mot Lady Laura, som tvekade ett ögonblick innan hon tog emot gesten. ”Ni är trygg här hos oss.”

”Tack”, mumlade Lady Laura, knappt hörbart. När hon talade lade Theresa märke till svullnaden från hennes mage under kappan, ett bevis på hemligheten som fört henne till Belle Haven.

”Stig in”, uppmanade Theresa varsamt och ledde den unga kvinnan genom dörrarna och in i herrgårdens varma famn. Ljuslågorna fladdrade över polerat trä och tjocka mattor och spred en inbjudande glans över hallen.

”Ert rum är i ordning”, fortsatte Theresa och ledde Lady Laura uppför den svepande trappan. ”Jag hoppas att det ska ge er all den komfort ni behöver under er vistelse.”

Lady Laura svarade knappt, och hennes sätt gjorde tydligt att hon var illa till mods över sin situation. Ändå kunde Theresa inte låta bli att känna en plikt mot den här sårbara flickan, fast besluten att erbjuda henne en fristad innanför Belle Havens murar.

Allteftersom dagarna gick drog sig Lady Laura allt mer tillbaka, och hon tillbringade största delen av tiden instängd på sitt rum, oförmögen att ens möta tjänstefolkets blickar. Theresa och Helen var de enda hon tycktes förmå att ens se på. Theresas hjärta värkte vid att se henne så tillbakadragen, men hon förstod att den unga kvinnan behövde tid för att vänja sig vid sin nya omgivning och verkligheten i sin situation.

Ett varmt sken spred sig från elden i öppna spisen när Theresa bar in en bricka med rykande mat till Lady Lauras rum. Hallen var dunkel, endast upplyst av fladdrande ljus i lampetterna, som kastade dansande skuggor på väggarna. Hon hoppades att den mustiga måltiden skulle locka Lady Laura ur hennes tungsinne och väcka samtal dem emellan.

”Får jag komma in, Lady Laura?” ropade Theresa mjukt och knackade lätt på dörren.

”Självklart”, kom det stillsamma svaret, och Theresa steg in och ställde brickan på ett litet bord vid fönstret. Lady Laura satt i en fåtölj, insvept i en sjal, det fina blonda håret fallande över de bleka axlarna.

”Nötköttsgryta och nybakat bröd”, sa Theresa och försökte låta munter. ”Jag tänkte att något varmt kunde kännas trösterikt.”

”Tack”, mumlade Lady Laura och plockade i maten utan mycket aptit.

”Är det något mer jag kan hämta åt er? Kanske lite te?”

”Nej, det här räcker gott.” Lady Laura såg upp ett ögonblick och skänkte ett litet leende som inte nådde ögonen.

Theresa slog sig ner på den tomma stolen mittemot henne och ansträngde sig för att få igång ett samtal. ”Jag hörde lärkan sjunga i morse”, började hon trevande. ”Det påminde mig om hur mycket jag älskar att lyssna till fågelsången under krispiga morgnar som den här.”

”Sannerligen”, svarade Lady Laura, men sade inget mer. Hon verkade frånvarande, blicken fäst vid elden som sprakade i härden. Till slut ursäktade Theresa sig. Att lämna Laura ifred var tydligen allt flickan önskade.

Om nätterna, när huset var tyst och insvept i mörker, låg Theresa vaken i sin säng och lyssnade spänt efter minsta ljud från Lady Lauras rum. Ofta hörde hon svaga steg och kvävda snyftningar eka genom korridorerna, var och en skar genom hennes hjärta som en dolk.

”Gör vi rätt?” sa Richard lågt till Theresa en kväll, med bekymrade rynkor i pannan. ”Hon verkar vara i sådan vånda, och jag oroar mig för att vår närvaro bara lägger sten på börda.”

”Richard”, svarade Theresa beslutsamt, ”vi måste stå vid hennes sida och hjälpa henne genom den här prövningen. Trots hennes tystlåtenhet behöver hon vårt stöd nu mer än någonsin.”

”Som du vill”, medgav Richard, och blicken mjuknade. ”Jag litar på ditt omdöme, min älskade.”

Fast besluten att tränga igenom Lady Lauras bräckliga fasad ägnade Theresa sig åt att ta hand om den blivande modern, bar in varma måltider, rena lakan och allt annat hon kunde tänkas behöva. Med tiden hoppades Theresa att hennes orubbliga vänlighet skulle nå ända in i Lauras hjärta och hjälpa till att läka såren efter hennes oroliga förflutna.

"Lite frisk luft skulle kanske göra er gott", föreslog Theresa en eftermiddag, när hon fann Laura stå och blicka längtansfullt ut mot de böljande fälten. "Jag kan visa er runt på godset om ni vill."

"Jag vill inte vara till besvär", svarade Laura tveksamt, med blicken sänkt.

"Snälla, det vore mig ett nöje", insisterade Theresa och gav henne ett lugnande leende. "Dessutom tror jag att ni kommer att tycka mycket om våra hästar. De har varit kända för att lätta även de tyngsta hjärtan."

Vid nämnandet av hästar tändes ett glimt av intresse i Lauras ögon, och för första gången sedan hennes ankomst verkade hon överväga att bege sig utanför rummets väggar.

"Nåväl", gick hon med på mjukt, fortfarande med en ton av osäkerhet i rösten. "Lite frisk luft skulle kanske göra mig gott."

"Utmärkt", svarade Theresa och kände en känsla av tillfredsställelse över denna lilla seger. "Det finns en snäll gammal ponny i hagen som jag tror att ni skulle tycka om att träffa."

Laura nickade ivrigt och lät sin späda hand blygt söka Theresas när de gick sida vid sida mot hagen. När de kom närmare fylldes luften av mjuka gnäggningar, ackompanjerade av lövens prassel i brisen.

"Här är han", meddelade Theresa med en varm leende när de nådde inhägnaden där en skimmel med äppelteckning stod och betade fridfullt. "Det här är herr Pippin; han är en riktig gentleman. Han var Claras första ponny, men han är för gammal nu för att bära någon av flickorna, så Richard lät honom njuta av en fridfull pension."

"God dag, herr Pippin", sa Laura mjukt, knappt mer än en viskning. Hon sträckte försiktigt ut handen, och fingrarna darrade när de snuddade vid ponnyns sammetsmjuka mule.

"Vill ni ge honom en morot?" föreslog Theresa och tog fram några brutna bitar ur förklädesfickan. "Han är väldigt förtjust i dem."

"Får jag?" frågade Laura, och ögonen vidgades av förtjusning. När hon räckte ponnyn en bit morot spred sig ett förtrollande leende över hennes ansikte, som tycktes jaga bort de skuggor som hade plågat henne i veckor.

"Självklart", svarade Theresa, överlycklig över att se Laura le. "Ni kan också borsta hans päls om ni vill. Jag tycker själv att det är ganska rogivande."

"Tack, Theresa", viskade Laura medan hon strök herr Pippins sträva man med en mjuk borste. "Jag hade glömt hur mycket jag älskade hästar."

"Här ute, med djuren och den friska luften, kan vi glömma våra bekymmer en stund", sade Theresa och såg hur förvandlingen tog form inom Laura. "Kanske kan vi göra detta till en del av vår dagliga rutin?"

"Det skulle jag tycka mycket om", instämde Laura, med stadigare röst.

Från den dagen tillbringade Theresa och Laura sina eftermiddagar tillsammans i hagen, där de tog hand om hästarna och lät naturen utöva sin läkande magi över deras trötta själar.

Under den här tiden födde Helen en vacker liten flicka som hon döpte till Louise efter sin egen mor. Den glädjefyllda händelsen förde ännu mer kärlek och ljus till Belle Haven, medan den funna familjen fortsatte att bli starkare för varje dag som gick.

Solljuset silade genom de färgade glasfönstren och kastade ett kalejdoskop av färger över kyrkbänkarna. Lilla Louises dop pågick, och Theresa kunde inte låta bli att stråla av stolthet när hon såg Helen vagga sin nyfödda dotter i famnen. Kyrkoherden, herr Fallon, stod framför dem, hans röst mild och varm när han förrättade den heliga akten.

"Må Gud välsigna dig och bevara dig, lilla vän", intonerade han och stänkte vigvatten över lilla Louises panna.

Theresas uppmärksamhet gled från dopakten till hur herr Fallons blick dröjde vid Helen. I hans ögon fanns en omisskännlig ömhet som Theresa inte hade sett förut. Hennes hjärta slog snabbare när hon insåg att byns kyrkoherde kanske var rätt förtjust i hennes kära vän.

"Har du lagt märke till hur herr Fallon ser på Helen?" viskade Theresa till Richard, som stod bredvid henne.

Richard kastade en blick åt deras håll, pannan rynkad i eftertanke. "Nu när du säger det, verkar det faktiskt finnas något mer än ren artighet i hans blick." Han vände ett överseende leende mot Theresa och frågade: "Har du börjat leka äktenskapsmäklare nu, min älskade?"

"Kanske." Theresa log tillbaka mot honom. "Helen förtjänar lycka, efter allt hon har gått igenom, och vi vet att herr Fallon är en god man. Han har aldrig någonsin sett snett på våra döttrar, till skillnad från så många andra."

Efter ceremonin återvände den lilla samlingen till Belle Haven, där förfriskningar serverades i salongen, Helen för en gångs skull hedersgäst i stället för tillförordnad hushållerska. Theresa tog tillfället i akt att gå fram till Helen, som visade upp sin dyrbara lilla flicka för några av de andra gästerna.

"Hon är så vacker", sade Theresa beundrande om den rosenkindade babyn i den vita dopklänningen som Theresa och Richard hade gett Helen i gåva.

"Verkligen, jag är så tacksam för allt", svarade Helen, med ögon som glänste av lycka.

"På tal om det", började Theresa trevande, "jag lade märke till att herr Fallon verkade särskilt uppmärksam under dopet. Tror du att han kan ha känslor för dig?"

Helens kinder färgades rosa, och hon vände snabbt bort blicken. "Åh, det vet jag inte. Han har alltid varit väldigt snäll, men jag kan inte föreställa mig att han skulle vara intresserad av någon som jag."

"Någon som du?" ekade Theresa. "Du är en underbar kvinna, Helen. Du förtjänar lycka lika mycket som någon annan."

"Men hur är det med mitt förflutna? Hur är det med Louise? Han är kyrkoherde; han kan väl knappast bortse från sådant", oroade sig Helen, med blicken skuggad av tvivel.

"Herr Fallon har aldrig varit en som dömer andra hårt, och han har på nära håll sett den kärlek och omsorg vi ger varandra på Belle Haven", insisterade Theresa. "Han är väl medveten om vår ovanliga situation, men ändå förblir han stödjande och förstående. Jag tror verkligen att han inte kommer att döma dig heller."

"Ändå är det inte rätt att jag döljer sanningen för honom", sade Helen.

"Då ska du inte göra det", uppmanade Theresa. "Berätta allt och låt honom bilda sig en egen uppfattning. Lita på att om han bryr sig om dig, så accepterar han dig som du är."

Helen tvekade ett ögonblick innan hon såg ner på lilla Louise som sov fridfullt i hennes armar. Med ett djupt andetag lyfte hon blicken och mötte Theresas ögon med beslutsamhet.

"Okej. Jag ska berätta för honom", gick hon med på, med stadig röst. "För min skull, och för Louises."

"Bra", sade Theresa och klämde väninnans hand lugnande. "Kom ihåg att vi finns här för dig, oavsett vad."

Några dagar efter dopet arrangerade Theresa blommor när hon hörde en försiktig knackning på salongsdörren. Hennes hjärta fylldes av hopp när hon vände sig om och såg Helen stå där, ansiktet strålande av lycka.

"Theresa, jag har underbara nyheter!" utropade Helen när hon klev in i rummet, med ögon som glittrade av glädjetårar. "Jag berättade allt för herr Fallon och han vill gifta sig med mig!"

"Verkligen?" frågade Theresa, och lättnaden hördes i rösten när hon omfamnade sin vän. "Åh, Helen, jag är så lycklig för er båda!"

"Tack", mumlade Helen, kinderna blossande av känslor. "Ditt stöd har betytt allt för mig."

När de stod där och värmde sig i sin vänskaps glöd kunde Theresa inte låta bli att tänka på de förändringar som snart skulle komma till Belle Haven. Med Helens stundande bröllop och fru Babcocks tilltagande ålder skulle ansvaret på hennes axlar bli tungt, sannerligen.

"Vänta här", sade Theresa plötsligt och lossade greppet om Helen. Hon skyndade till sitt skrivbord och tog fram ett ark pergament och en fjäderpenna. "Jag tror att det är dags att skriva till fru Hatton igen."

"Varför då?" frågade Helen nyfiket och såg på när Theresa doppade fjädern i bläckhornet och började skriva.

"Fast jag kommer att sakna dig innerligt, min kära vän, kommer din lycka först", förklarade Theresa medan hon nedtecknade en kort lapp. "Eftersom fru Babcock inte längre kan sköta alla sysslor som hushållerska på egen hand, och jag numera är alltför upptagen som husets fru för att vara en riktig guvernant åt flickorna, ber jag fru Hatton att sända oss nya kandidater till båda tjänsterna."

"Jag tycker att det är en mycket bra idé", höll Helen med. "Du gör redan för mycket, och Molly tillbringar mer tid i stallet än i huset. Fru Hatton vet precis vem hon ska skicka, det är jag säker på."

Med ett leende avslutade Theresa brevet och torkade bläcket. Hon vek pergamentet, förseglade det med en gnutta vax och räckte det till Helen. "Skulle du vara snäll och be en av lakejerna att lämna det här till posten åt mig?"

"Självklart", svarade Helen och tog brevet ur Theresas utsträckta hand.

När hon såg vännen lämna salongen kunde Theresa inte låta bli att känna både förväntan och bävan inför det som låg framför dem. När kärlek spirade på oväntade platser och nya prövningar tornade upp sig var framtiden oviss – men en sak var klar: vad som än hände mötte de det tillsammans, förenade av de band av vänskap och tillgivenhet som hade vuxit innanför Belle Havens väggar.

Kapitel tolv

THERESA STOD VID FÖNSTRET och såg hur en mjuk bris fick bladen på den gamla eken att prassla. De första tecknen på höst började visa sig, och ett litet leende lekte på hennes läppar, hennes ögon speglade de varma toner som målade landskapet. Hon vände blicken tillbaka mot Lady Laura, som satt tyst i hörnet vid spisen, med en nätt sjal över axlarna.

"Vill du ha lite te, Laura?" frågade Theresa mjukt, med ögon fulla av omtanke för den unga kvinna som hade blivit hennes ansvar de senaste veckorna. Allteftersom Lauras graviditet fortskred verkade hennes hälsa förbättras, lite i taget, med Theresas omsorgsfulla skötsel, även om hennes sinne förblev dämpat.

"Tack, Theresa", svarade Laura stilla och skänkte ett försiktigt leende. "Jag tror att jag gärna skulle ta en kopp."

Theresa satte genast igång, gjorde i ordning en bricka med en doftande tekanna, porslinskoppar och en tallrik nybakade småkakor. Hon bar den till Laura och ställde den på ett litet bord bredvid henne.

"Varsågod", sa Theresa varmt och hällde upp den rykande drycken i en kopp som hon räckte till Laura.

"Tack", mumlade Laura, medan hon kupade händerna kring koppen och andades in den trösterika doften. Ett kort skimmer av tillfredsställelse for över hennes ansikte innan det bleknade och åter ersattes av ett moln av vemod.

Theresa tvekade, hennes hand var på väg att röra vid Lauras arm innan hon drog tillbaka den. Hon längtade efter att trösta men visste inte hur hon skulle bryta igenom den mur av sorg som tycktes omge henne. "Laura", började hon prövande, "finns det något mer jag kan göra för att hjälpa dig? Kanske en promenad utomhus skulle lätta ditt hjärta?"

Laura övervägde förslaget, blicken svävade mot fönstret och den färgprakt som bredde ut sig där utanför. "Kanske", medgav hon, knappt hörbart. "Solen i ansiktet kan vara skön."

"Då går vi", sa Theresa och gav henne ett uppmuntrande leende. "Den friska luften kan göra oss båda gott."

När de gick arm i arm genom trädgården kunde Theresa inte låta bli att tänka på hur deras liv hade vävts samman de senaste veckorna. Någon hon aldrig hade mött förut hade nu blivit en självklar del av hennes tillvaro, och för varje dag som gick märkte Theresa hur hon fäste sig allt mer vid den unga kvinnan som bar så mycket på sina sköra axlar. Hon visste att Lady Lauras väg var långt ifrån lätt, men Theresa var fast besluten att göra allt hon kunde för att hjälpa henne att finna en smula ro och lycka mitt i prövningarna.

"Theresa?" frågade Laura plötsligt, med en röst som knappt hördes över lövprasslet och fåglarnas avlägsna kvitter.

"Ja?" svarade Theresa, med bekymrade rynkor i pannan när hon såg på den unga kvinnan bredvid sig.

"Tack", viskade Laura, med ögon som glittrade av outgjutna tårar. "För allt."

"Självklart, Laura", svarade Theresa och gav hennes hand en mjuk kläm. "Det här gör vi tillsammans, minns du?"

"Får jag anförtro dig något?"

"Självklart", svarade Theresa varsamt.

Laura drog ett djupt andetag, blicken flackade bort ett ögonblick innan den åter mötte Theresas stadiga. "Jag... jag blev förälskad i en man som visade sig vara en skurk." Hennes röst darrade, sårbarheten hördes i varje ord. "Han var redan gift, men jag fick veta det för sent."

"Kära Laura", mumlade Theresa och kramade hennes hand med medkänsla. "Du får inte klandra dig själv för hans svek."

"Tack, Theresa", viskade Laura. "Min bror försökte hitta någon som ville gifta sig med mig, men då hade min graviditet redan börjat synas. Vi kunde inte riskera det – någon skulle ha pratat, och skandalen kunde ha förstört min familj."

"Din bror är en god man som försöker skydda dig så gott han kan", sa Theresa mjukt, med hjärtat värkande för flickan bredvid henne.

"Ja", höll Laura med, med tårar som glittrade i ögonen. "Han föreslog att jag skulle resa bort, någonstans där ingen kände mig, och föda mitt barn i hemlighet. Och kanske, om ett år eller två, kunde vi leta efter ett lämpligt äktenskap för mig."

"Din bror gör sitt bästa för att säkra din framtida lycka", försäkrade Theresa henne. "Och jag lovar dig att jag kommer att vara vid din sida och hjälpa dig genom den här svåra tiden."

"Tack, Theresa", viskade Laura, med en tacksamhet i blicken som nästan gick att ta på när hon lutade sig in i den omfamning som Theresa erbjöd. De gick tillsammans i trädgården en stund till, och det var uppenbart att Laura hämtade styrka ur Theresas stödjande närvaro.

"Lovar du mig en sak, Laura", sa Theresa och bröt tystnaden som hade lagt sig mellan dem. "Lovar du mig att du inte låter dig tro att du är ovärdig kärlek eller lycka på grund av det som har hänt."

"Theresa, jag..." Lauras röst sviktade, tårarna hotade att rinna över.

"Lovar du", upprepade Theresa bestämt, med blicken låst vid Lauras.

"Jag lovar", viskade Laura, orden kom darrande men beslutsamma.

”Bra. Ska vi sätta oss på den här bänken en stund? Det är så härligt i solen.”

Laura nickade instämmande, och de båda satte sig i trädgården för att njuta av den varma solen.

Doften av rosor fyllde luften, och det avlägsna ljudet av skratt från Richard och deras döttrar när Richard gav flickorna hoppträning på deras ponnyer lockade fram ett litet leende på Lauras läppar.

”Theresa”, började Laura tveksamt, med en röst som knappt hördes över brisens viskningar genom löven. ”Jag vet att jag borde vara tacksam för möjligheten att börja om när mitt barn är fött, men tanken på att ge upp mitt barn... den gör mig så oerhört ledsen.”

Theresa sträckte ut handen och lade den tröstande på Lauras arm. ”Det är helt naturligt, Laura. Du är det här barnets mor, och din kärlek till det är lika stark och verklig som vilken annan moders som helst.”

Lauras ögon glittrade av tårar som ännu inte fallit när hon såg på Richard, outtröttligt tålmodig medan Eliza manade Duck mot ett litet hinder. ”Att se dig och Richard med era flickor, vilket kärleksfullt hem ni har byggt åt dem... det ger mig hopp om att mitt barn kanske också kan få en lycklig framtid.”

Theresa betraktade sin man och flickorna när de lekte, och hennes hjärta fylldes av värme och ömhet. Hon tänkte på livet som lilla Louise hade räddats ifrån på barnhemmet, och den karga tillvaro som väntade Lauras spädbarn om de inte ingrep. En plötslig beslutsamhet stärktes inom henne, och hon visste vad som måste göras.

”Laura, jag ska tala med Richard”, sa hon med fast röst. ”Vi har plats för många fler barn i våra hjärtan, och han har sannerligen redan visat sin vilja att vara far åt barn som inte är hans egna. Skulle du tillåta oss att adoptera ditt barn?”

”Åh, Theresa”, viskade Laura, tjock i rösten av känslor. ”Jag kan inte uttrycka hur mycket det här betyder för mig. Men du och Richard har inte varit gifta länge! Ni kommer säkert att få egna barn, en dag.”

”Och om vi gör det, kommer vi att älska dem och behandla dem varken mer eller mindre väl än de barn vi redan har”, försäkrade Theresa henne och var helt övertygad om att Richard skulle känna likadant. ”Ditt barn kommer att vara tryggt och älskat här på Belle Haven, precis som Clara, Anna och Eliza, det lovar jag.”

Laura fick Theresa att hoppa till när hon kastade armarna om henne och började gråta mot hennes axel. ”Åh tack. Tack! Och kanske... kanske skulle jag kunna komma och hälsa på, en dag?”

”Du skulle vara så välkommen”, sa Theresa och förstod att Laura inte stod ut med tanken på att aldrig få se sitt barn igen. Kanske skulle praktikaliteter och rädslan för att bli avslöjad sätta stopp för planen, men Theresa skulle aldrig hålla Laura borta från sitt barn. ”Alltid.”

En stormig natt hade lagt sig över Belle Haven, med vilda vindar som fick fönsterluckorna att skaka och regndroppar som piskade mot rutorna. Theresa låg i sängen, stormens rytmiska ljud och Richards milda snarkningar bredvid henne vaggade henne in i en orolig sömn. Hon slets ur slummern av frenetiskt bankande på hennes kammardörr.

"Lady Bell! Lady Lauras värkar har börjat!" ropade en av tjänsteflickorna, hennes röst knappt hörbar över stormens kakofoni.

En våg av adrenalin for genom Theresa, och hon kastade sig ur sängen och drog hastigt på sig en morgonrock.

"Vad är det?" mumlade Richard sömnigt och lyfte på huvudet.

"Sov vidare." Hon visste att han hade haft en lång dag, då han hade försökt rida in en besvärlig unghäst. "Jag tar hand om det."

Hon samlade upp håret i en hastig knut och skyndade till Lauras rum. Rummet var dunkelt upplyst av fladdrande ljus, som kastade kusliga skuggor på väggarna.

"Snälla, Theresa, hjälp mig", snyftade Laura när en ny värk grep tag i hennes kropp, och hennes ansikte förvreds av smärta. "Det är för tidigt!"

"Självklart, kära du", sa Theresa mjukt och tog Lauras hand som hon kramade lugnande. "Vi tar oss igenom det här tillsammans."

Hennes tankar rusade av oro för Laura och hennes barn, eftersom babyn inte skulle komma förrän om en månad eller mer, men hon samlade sig, fast besluten att vara stark för sin vän. När Laura ropade igen torkade Theresa hennes panna med en sval duk och mumlade lugnande ord. Hon kastade en blick mot Molly, som stod i hörnet och vred sina händer.

”Molly”, ropade Theresa med fast röst, ”hämta den lokala barnmorskan genast. Säg att Lady Laura har fått värkar.”

”J-ja, Theresa”, stammade Molly, med ögon stora av skräck. Hon rusade ut ur rummet, och hennes steg ekade genom korridoren.

Medan de väntade fortsatte Theresa att trösta Laura, och mindes styrkan och kärleken som hade fört dem alla till den här stunden. Hon höll fast vid tanken på bandet de hade knutit, i hopp om att stadga sig när hon mötte nattens prövningar.

”Richard och jag kommer att finnas här för dig och ditt barn, Laura”, viskade Theresa, och rösten darrade svagt. ”Jag lovar.”

Laura lyckades le svagt mitt i smärtan, och hennes ögon glittrade av tacksamhet. ”Tack, Theresa. Att veta det tröstar mig mer än du kan ana.”

Medan stormen fortsatte att piska mot fönstren satt Theresa vid Lauras sida, med sitt eget hjärta värkande vid varje smärtrop som undslapp väninnans läppar. Hon hade aldrig känt sig så hjälplös och desperat efter hjälp, och bad att barnmorskan skulle komma i tid.

En knackning på dörren ryckte Theresa ur sina tankar, och hon såg upp och fick syn på Helen i dörröppningen, med oro inristad i de vackra dragen. Håret var uppsatt i en enkel knut, och ögonen glittrade av omtanke.

”Molly stannade vid prästgården för att fråga om vi visste var barnmorskan kunde finnas, och berättade om Laura. Kan jag hjälpa till?” frågade Helen, med stadig röst trots situationens brådska.

"Tack och lov att du är här", andades Theresa, medan lättnaden sköljde över henne. Helen hade själv fött barn bara för några månader sedan och visste mycket bättre vad hon skulle göra än Theresa. Om barnmorskan inte kom snabbt, kunde det hända att Helen var den enda hjälp Laura fick.

Helen gick snabbt fram till Lauras sängkant bredvid Theresa och erbjöd ord av tröst och uppmuntran medan de tillsammans stöttade sin vän i hennes svåra stund.

"Theresa, Helen... jag vet inte om jag klarar det här", snyftade Laura mellan värkarna, med spänd och svag röst.

"Du har vår kärlek och vår styrka, Laura", försäkrade Helen henne och slöt varsamt om hennes hand. "Fokusera bara på andningen och lita på att vi leder dig igenom."

Till slut kom barnmorskan, med ansiktet rosigt efter språngmarschen genom stormen. Hon tog genast befälet över situationen, undersökte Laura och gav order till de församlade hjälparna.

"Förbered hett vatten och rena lakan", instruerade hon, med lugn och myndig röst. "Förlossningen är verkligen nära förestående."

"Tack för att ni kom så snabbt", sa Theresa, med rösten fylld av tacksamhet.

"Självklart, min kära", svarade barnmorskan med ett varmt leende. "Nu hjälper vi den lilla till världen."

Laura, med ansiktet förvridet av smärta och beslutsamhet, grep Theresas hand med en intensitet som motsade hennes späda gestalt. Svettdroppar samlades i hennes panna, och Theresa torkade bort dem varsamt, medan hon gav sin vän ord av uppmuntran och tröst.

”Snart är det klart, Laura”, mumlade Theresa, med hjärtat värkande när hon bevittnade den enorma kraft som krävdes av den unga kvinnan för att föra sitt barn till världen. ”Du är fantastisk.”

Laura gav ifrån sig ett gutturalt skri, och kroppen skakade under värkens kraft. Barnmorskan, en kraftig, orubblig kvinna som hade sett Gud vet hur många förlossningar, nickade belåtet.

”Bra kämpat, min kära”, sa hon, stadig och rogivande. ”En krystning till borde räcka.”

När hon samlade sina sista krafter kastade Laura tillbaka huvudet och skrek, och hennes röst blandades med vindens tjut utanför. Och så, som svar på hennes rop, anslöt sig ett nytt ljud till kakofonin – ett kraftfullt skrik från ett nyfött barn.

”Gratulerar, frun”, tillkännagav barnmorskan, med ögonen lysande av stolthet när hon räckte det skrikande spädbarnet till Theresa. ”Det är en flicka.”

Theresa såg ner på den lilla, rödkindade varelsen i sina armar, och hjärtat svällde av kärlek och förundran. ”Hon är vacker”, viskade hon, med tårar som brände bakom ögonlocken. ”Laura, du klarade det.”

Innan hon hann säga mer stoppades hon tvärt av ännu ett skrik från Lady Laura. Chock och skräck var inristade i väninnans drag när hon grep om sin svullna mage, och andetagen kom i hesa flämtningar.

”Något är inte som det ska”, flämtade hon, med ögon vilda av skräck. ”Det är en till – jag känner det!”

”En till?” ekade Theresa, med tankarna virvlande, medan barnmorskan skyndade tillbaka till Lauras sida.

”Behåll lugnet, min kära”, instruerade barnmorskan, och rösten avslöjade en antydan till brådska. ”Ibland händer det här. Vi måste vara beredda på vad som än kommer.”

”Theresa”, inflikade Helen, med egna ögon stora av oro, ”ge mig barnet, och gå och håll Laura i handen. Hon behöver dig nu mer än någonsin.”

När hon räckte över den nyfödda flickan till Helen, kunde Theresa inte låta bli att oroa sig över den oväntade vändningen. Hennes tankar rusade, och hon undrade hur de skulle klara att ta hand om två spädbarn när de knappt hade varit förberedda på ett.

”Fokusera, Theresa”, sade hon strängt till sig själv, medan hon tog Lauras skälvande hand i sin igen. ”Ett mirakel i taget.”

Med sammanbitna tänder och en ursinnig beslutsamhet i blicken kämpade Laura sig igenom smärtan från ännu en värk, med sina vänners ovikande stöd vid sin sida. Ovädret utanför, som fortfarande rasade, tedde sig blekt i jämförelse med stormen i rummet när det andra barnet tog sig ut i världen.

”Pressa, Laura”, manade barnmorskan, med händerna redo att ta emot det andra barnet. ”Bara lite till, min vän.”

Lauras ansikte förvreds av smärta, men med ett sista, plågat skri förde hon ännu en liten flicka till världen. Den nyföddas skrik förenade sig med sin systers och fyllde rummet med ljudet av nytt liv.

”Två vackra flickor”, andades Theresa, med tårar av lättnad och lycka som glittrade i ögonen. Men när hon såg på Laura, drog hennes hjärta ihop sig av plötslig fasa. Den unga kvinnans hy hade blivit spöklikt blek, hennes en gång så livliga blå ögon var nu glansiga och tomma. Hennes andetag kom svagt och ansträngt, knappt hörbara över ovädret utanför och hennes nyfödda döttrars gråt.

”Theresa...” mumlade Laura, med en röst knappt över ett viskande. Hon såg bedjande på sin vän och sträckte svagt ut handen mot hennes hand.

”Schh, tala inte”, viskade Theresa tillbaka och slöt hårt om Lauras hand. ”Spara dina krafter. Du har klarat det så bra, Laura.”

”Snälla... ta hand om dem”, bad Laura och lät blicken fladdra mot spädbarnen som låg trygga i Helens famn. ”J-jag tror inte att jag kan...”

”Självklart, Laura”, försäkrade Theresa henne och försökte dölja sin egen rädsla bakom ett lugnande leende. ”De är trygga hos mig, jag lovar. Men du ska vara här för dem också; du behöver bara vila nu.”

Även medan hon yttrade orden värkte Theresas hjärta av rädslan att Lauras bräckliga kropp hade pressats till sitt yttersta av den svåra tvillingfödseln. Allteftersom minuterna gick blev Lauras andning ytligare, och greppet om Theresas hand slaknade. Barnmorskan mötte Theresas blick och skakade långsamt på huvudet.

”Stanna hos oss”, vädjade Theresa tyst, medan tårarna strömmade nedför hennes kinder och hon såg sin vän glida bort.

Men trots Theresas innerliga böner drog Laura ett sista, svagt andetag och blev sedan stilla, hennes hand blev slapp i Theresas grepp.

”Vila gott, kära vän”, viskade Theresa och slöt försiktigt Lauras ögon med skälvande fingrar. ”Jag lovar att ta hand om dina dyrbara flickor som om de vore mina egna.”

När tyngden av hennes löfte lade sig över hennes axlar, vände Theresa blicken mot de två nyfödda. Deras gråt skar genom luften, som om de ropade efter modern de aldrig skulle få lära känna.

”Er mamma älskade er innerligt”, sade hon till dem, med ögon som glänste av outgjutna tårar. ”Men var inte rädda, för vi ska ge er ett kärleksfullt hem och en familj.”

”Du behåller dem?” frågade Helen mjukt.

”Jag lovade Laura”, sade Theresa. ”Richard gick med på det; vi har plats i våra hjärtan för en till. Två till.” Hon log snett. ”Tio till; det spelar ingen roll, sade han.”

”Du kommer att behöva en amma, men jag kan åtminstone ge dem ett första mål.” Helen tog en av spädbarnen i knät och öppnade framsidan av sin klänning. ”Tack för att du inte skickar dem till Duke Street”, sade hon mjukt, medan den lilla tog fatt om hennes bröst och började suga glupskt.

”Jag skulle inte kunna skicka dem dit mer än du skulle ha kunnat skicka Louise.” Spädbarnet Theresa fortfarande höll hade somnat; med ett varsamt finger följde hon kurvan på en pytteliten rosig kind.

”Tvillingar?” Richards sömnsträva röst i dörren fick henne att titta upp. ”Laura...” Han såg på den orörliga gestalten i sängen, med lakanet uppdraget för att täcka hennes ansikte. ”Åh, Theresa. Jag är så ledsen.”

En tår rann nedför Theresas kind, men hon lyckades få fram ett leende åt Richard när han ställde sig bredvid henne, lade en hand på hennes axel och böjde sig ned för att titta på spädbarnet i hennes armar. "Vi har tvillingdöttrar, Richard", fick hon fram genom klumpen i halsen.

"De är vackra", sade han mjukt. "Jag måste sända bud till Lauras bror."

Theresa slöt ögonen men nickade. Hertigen av Allanworth kunde ha andra planer för sina brorsdöttrar; hon kunde bara hoppas att han skulle låta henne och Richard behålla spädbarnen. Det skulle krossa hennes hjärta på nytt om hon förlorade även dem.

Kapitel tretton

SOLEN HÄNGDE LÅGT PÅ himlen och kastade långa skuggor över Belle Haven. Richard stod vid Theresas sida, hans starka hand sluten om hennes för att ge stöd medan de väntade på att hertigen av Allanworth skulle anlända. Luften var tung av doften från blommande rosor och nyupptagen jord, en bitterljuv påminnelse om att livet går vidare mitt i sorgen.

”Är du säker på att det är detta du vill, Theresa?” frågade Richard och såg ner på henne.

Theresa nickade, ögonen glänste av övertygelse. ”Ja, jag tror att det är bäst för tvillingarna. De förtjänar att bli älskade och omhändertagna, precis som vi har gjort med våra andra döttrar."

Som på given signal ekade ljudet av hovar i fjärran och växte sig starkare när hertigens vagn närmade sig. Snart stannade det eleganta ekipaget vid trappfoten, en lakej hoppade ner för att öppna dörren och fälla ner fotsteget.

Hertigen av Allanworth var yngre än Richard hade föreställt sig, inte äldre än Richard själv. Ljus i håret och blåögd, liksom hans syster, hade han rödkantade ögon av sorg.

"Ers nåd", hälsade Richard med en respektfull bugning, rösten allvarlig.

"Sir Richard, Lady Bell", svarade hertigen och räckte ut handen för att skaka Richards. "Ni har min djupaste tacksamhet för allt ni gjorde för min syster."

"Snälla, tänk inte på det, ers nåd", svarade Richard, medkänslan tydlig i tonen. "Vi gjorde vad varje anständig människa skulle ha gjort."

"Skulle ni vilja träffa Lauras döttrar?" frågade Theresa mjukt. Hertigen tvekade, men nickade sedan.

"Det vill jag. Mycket gärna, tack."

"Kom då." Richard kände hur Theresas hand slank in i hans när han vände sig för att gå in i huset igen, och han log lugnande mot henne. Han kände till hennes rädsla: att hertigen redan skulle ha bestämt sig för vad som skulle göras med Lauras barn och avvisa deras erbjudande.

"De liknar Laura", sade hertigen mjukt när han såg ner på de sovande flickorna i vaggan, båda med tunna ljusa hårtestar och porslinshy. "Men så små och sköra! Jag har en son... han var inte så liten som de är. Kommer de att...?"

Han tycktes inte kunna förmå sig att ställa frågan. Skulle de överleva, som deras mor inte hade gjort?

”Barnmorskan sa att det inte är ovanligt att tvillingar är mindre än andra spädbarn”, lugnade Theresa honom. ”De är ganska starka, däremot. Vi har funnit en amma från Basingstoke, och hon säger att de båda äter gott. Vi tror att de kommer att frodas.”

”Det är att hoppas”, mumlade hertigen, blicken dröjde vid de små ansiktena hos Lady Lauras barn. Just då vaknade den ena av de små och gav ifrån sig ett skri; genast var även hennes syster vaken.

Instinktivt sträckte både Richard och Theresa ut händerna för att ta upp barnen, men hertigen hann före, och lyfte upp båda flickorna i sina armar.

”Jag står inte ut med tanken på att Lauras barn skulle skickas till barnhemmet”, utbrast hertigen, rösten darrade när han höll sina brorsdöttrar tätt intill. ”Vad ska göras?”

”Ers nåd, det är något vi skulle vilja tala med er om”, började Theresa trevande. Hon kastade en blick på Richard, som gav hennes hand en uppmuntrande tryckning innan hon fortsatte. ”Vi skulle vilja erbjuda tvillingarna ett hem hos oss. Vi har redan fäst oss vid dem, och vi tror att det vore bäst för dem att stanna här på Belle Haven.”

Hertigen såg på henne, uttrycket var otydbart ett ögonblick innan han suckade, tyngden av beslutet tydlig i hans hållning. ”Jag kan inte tänka mig ett bättre hem för dessa dyrbara barn än hos er”, förklarade han till sist, rösten tjock av känslor. ”Jag vet att min syster skulle vila tryggare om hon visste att de är i så kapabla och kärleksfulla händer.”

"Tack, ers nåd", svarade Richard, tacksam och stolt över att hertigen uttryckte ett sådant förtroende för dem. Den brokiga, okonventionella familjen på Belle Haven hade fått två nya medlemmar, och Richard kunde inte låta bli att känna att ödet ännu en gång hade lett dem in på denna oväntade väg.

"Tack", viskade hertigen när han lämnade tillbaka spädbarnen till Theresa. "Jag ska se till att medel för deras uppehälle tillhandahålls, och jag kommer alltid att finnas där för att stödja dem som deras morbror, även om förbindelsen aldrig kan erkännas offentligt."

"Vi förstår, ers nåd", sade Richard. "Vi ska ge dessa barn den kärlek och den familj de förtjänar."

Hertigens mun darrade när han såg på Richard, men han tvingade fram ett leende. "Vi kommer att ses mycket genom åren, Sir Richard. Bäst att du kallar mig Allanworth."

"Varför visar du inte ers nåd stallet, Richard?" uppmanade Theresa dem båda milt mot dörren. "Flickorna behöver mat. Av med er nu."

Allanworth hejdade sig, och gjorde henne sedan en mycket djup och respektfull bugning. "Om det någonsin är något ni behöver, Lady Bell, för flickorna eller för er eller något av era andra barn, ber jag er att sända bud till mig genast. Jag står i en skuld som aldrig kan återbetalas, men jag ska sannerligen försöka."

Månader hade gått sedan hertigen anförtrott Lauras dyrbara tvillingar åt Richard och Theresa, och livet på Belle Haven hade funnit sin trygga rytm. Herrgården fylldes av skratt och kärlek när Richard och Theresa lade all sin omtanke på att uppfostra de två små flickorna, tillsammans med sina äldre adopterade döttrar.

Dagen för dopet grydde klar och ljus, solsken strömmade genom de blyspröjsade fönstren i det ståtliga godset och kastade gyllene mönster på de polerade golven. När familjen samlades i salongen, klädda i sina finaste kläder, spritte det av förväntan i luften.

”Är du säker på att vi har förberett allt?” frågade Theresa ängsligt och slätade ner kjolarna med darrande händer.

”Självklart, min kära”, försäkrade Richard henne, med ögon som glittrade av ömhet. ”Jag har aldrig varit med om att vår personal svikit oss.”

Theresa nickade och drog ett djupt andetag för att lugna sig. Hon sneglade på deras adopterade döttrar, som gullade med sina små systrar, ansiktena strålade av stolthet och glädje.

”Ser du, mamma?” log Clara medan hon rättade till spetsmössan på den ena babyns huvud. ”De ser ut som små änglar!”

”Det gör de verkligen”, instämde Theresa, hjärtat fullt av kärlek till hennes okonventionella familj.

”Ska vi gå vidare, då?” frågade Richard och räckte sin arm åt sin hustru när lakejen öppnade dörren och avslöjade den solbelysta gårdsplanen utanför.

Tillsammans steg de ut, kände solens värme i ansiktet medan de tog vägen mot bykyrkan. Inne i kyrkan var bänkarna fyllda av vänner och grannar, alla ivriga att bevittna dopet av de nyaste medlemmarna i Belle Havens hushåll.

”Välkomna, allihop”, började prästen, hans röst ekade mot de urgamla stenväggarna. ”Vi är samlade här i dag för att fira dopet av dessa vackra barn och för att välkomna dem in i vår gemenskap. Vilka namn ska dessa barn kallas?” frågade herr Fallon och vände blicken mot Richard och Theresa.

”Laura Jane”, tillkännagav Richard stolt och höll varsamt den ena tvillingen i famnen medan han uttalade hennes namn. Hertigen av Allanworth kunde inte närvara, men hade bett att ett av Lauras barn skulle få hennes namn. Richard hade valt sin egen mors namn till hennes tvillingsyster.

”Charlotte Grace”, sa Theresa och höll det andra spädbarnet tätt intill sitt hjärta.

”Laura Jane och Charlotte Grace”, upprepade prästen, doppade fingrarna i det heliga vattnet och smorde varsamt varje barns panna. ”Jag döper dig i Faderns och Sonens och den Helige Andes namn.”

När ceremonin avslutades stod Richard och Theresa inför sina samlade nära och kära, med ansikten som lyste av glädje och stolthet. De kände sig sannerligen välsignade som hade anförtrotts vården om dessa dyrbara små flickor, och de visste att de tillsammans skulle ge dem all den kärlek och det stöd de behövde för att blomstra i sitt nya hem på Belle Haven.

"Tack allihop för att ni är här med oss denna speciella dag", sa Theresa och vände sig till församlingen. "Vi är så tacksamma över att ha er här för att hjälpa oss att välkomna Laura och Charlotte in i vår familj."

"Må Gud välsigna dem, och alla som bor inom dessa väggar", tillade Richard, medan hans blick svepte över rummet och tog in ansiktena på dem som hade kommit för att fira med dem.

"Skål!" Gästerna höjde sina glas till en skål, och luften fylldes av skratt och lyckönskningar när dopfesten tog verklig fart.

I Belle Havens varma, solbelysta barnkammare förundrades Theresa över synen framför sig. Richard satt i en plyschfåtölj och höll deras nyaste familjemedlemmar, Laura och Charlotte, med sådan ömhet att tårar steg i hennes ögon. Tvillingarna låg tätt intill honom, deras glada joller och tandlösa leenden spred ljus till även de mörkaste dagar.

"Titta på dem, Theresa", sa Richard mjukt, hans klara blå ögon glänsande av kärlek när han såg upp på henne. "Har du någonsin sett något så fullkomligt?"

Theresa skakade på huvudet, ett ömt leende på läpparna. "Aldrig, min älskade. De passar in i vår livliga familj som om de alltid hade varit menade att vara här."

Som på given signal rusade deras äldre döttrar in i rummet, fnittrande och knuffandes varandra lekfullt. De samlades runt sin fars stol, alla ivriga att dadda sina nya späda systrar.

”Får jag hålla Lottie, pappa?” frågade Clara, med stora bedjande ögon.

”Självklart”, svarade Richard och lade varsamt Charlotte i Claras väntande armar. ”Kom ihåg att stödja hennes huvud, precis som jag visade dig.”

Clara nickade allvarligt och gjorde sitt bästa för att efterlikna Richards varsamma handlag. ”Jag ska, pappa.”

”Det kommer att bli så roligt när de blir stora nog att leka med oss”, sa Eliza. Hon höll upp sin älskade leksakshäst framför Laura, och babyns blå ögon spärrades upp, en knubbig liten hand sträckte sig ut för att försöka gripa leksaken. ”Ser du, pappa, hon tycker redan om hästar!”

”Theresa”, viskade Richard, medan han såg scenen utspela sig med ett uttryck av ren lycka. ”Jag trodde aldrig att mitt hjärta kunde rymma så mycket kärlek.”

”Inte jag heller”, instämde Theresa, med egna ögon som blev dimmiga av känslor. ”Vi är sannerligen välsignade.”

Theresa rättade till de skira spetsdukarna på sidobordet i förmaket. Doften av färska rosor fyllde luften från en bukett, vars kronblad var en sprudlande explosion av rött och rosa. Hon kastade en blick på klockan på spiselkransen, och hennes hjärta fladdrade av förväntan. Fru Hatton, hennes tidigare föreståndarinna från Duke Street-barnhemmet, skulle anlända när som helst, på besök för att se hur Mary och Rebecca, de två unga kvinnor som hade placerats hos dem som assisterande husföreståndarinna respektive guvernant, kom överens och hade det.

"Theresa, kära, är du säker på att allt är i ordning?" frågade Richard när han kom in i rummet. Ovanligt nog verkade också han nervös.

"Helt säker, min älskade", svarade hon och gav honom ett lugnande leende. "Jag vill bara att fru Hatton ska se hur bra vi alla har det. Jag vet att Mary och Rebecca är lyckliga; jag hyser inga farhågor för vad de kommer att säga när hon talar med dem."

Ljudet av vagnshjul som knastrade på grusuppfarten skickade en rysning av upphetsning längs Theresas ryggrad. Hon skyndade till fönstret och kikade ut för att se fru Hatton stiga ur vagnen, hennes stränga drag mjuknade av en antydan till nyfikenhet.

"Richard, hon är här!" utbrast Theresa och slätade nervöst ut kjolarna.

"Var lugn, min älskling. Allt kommer att bli bra", mumlade han och lade en tröstande hand på hennes skuldra.

När de öppnade dörren för att välkomna fru Hatton, svepte föreståndarinnans blick över det glada kaoset på Belle Haven. Barn for över ängen utanför, deras skratt som musik när de lekte och tumlade runt familjens älskade hästar.

"Fru Hatton, välkommen till vårt hem", sa Richard varmt och räckte fram handen.

"Tack", svarade fru Hatton. Hennes ögon vidgades en aning när hon tog in den muntra oordningen, men i stället för den ogillande min Theresa hade fruktat, blommade ett genuint leende på föreståndarinnans läppar. "Kära nån, vilket livligt hushåll ni har!"

"Sannerligen, vi saknar aldrig något att skratta åt", skrattade Richard.

När de slog sig ner i salongen för te, betraktade fru Hatton familjens naturliga samspel, med ett eftertänksamt uttryck i ansiktet. Till slut talade hon, med en mjuk och varm röst.

"Theresa, jag måste erkänna att jag först var osäker på ditt beslut att gifta dig med Sir Richard och ansluta dig till detta ... okonventionella hushåll. Men när jag ser den kärlek och lycka som fyller dessa väggar, förstår jag nu varför du har valt denna väg."

"Fru Hatton", viskade Theresa, medan tårar stack i ögonen, "jag kan inte börja uttrycka hur mycket det betyder för mig."

"Där andra såg skandal och skam i att ta in dessa barn, såg du och Sir Richard bara människor värda värdighet och kärlek", fortsatte fru Hatton, medan blicken dröjde vid de lyckliga ansiktena runt henne. "Ni har skapat ett hem där alla är välkomna och alla är älskade."

"Tack", andades Theresa och kände hur Richard kramade hennes hand i tyst stöd. "Det är allt vi någonsin har önskat – en plats där kärleken inte känner några gränser."

Och när solen sjönk lågt på himlen och spred sitt gyllene sken över den scen av glädje och ro som fyllde Belle Haven, visste Theresa att de hade lyckats. Inför motgångar och domar hade de byggt en fristad där kärleken var allenarådande – och det fanns ingen större bedrift än det.

SLUT

Jag hoppas att du har tyckt om Theresa och Richards kärlekshistoria! Den här boken fungerar som en prequel till min serie **Fröknarna från Belle Haven**, som följer Theresa och Richards adopterade döttrar när de växer upp, vägrar låta de skandalösa omständigheterna kring deras födslar definiera dem och en efter en finner vägen till sin egen kärlekshistoria. Självklart var jag tvungen att börja med Molly; du hittar hennes berättelse i första delen, *Fröken Molly och kavallerimajoren*.

Fler böcker av
Catherine Bilson

Rodnande unga damer

En greve för Ellen

En markis för Marianne

En hertig för Diana

En kapten för Clarissa

Fröknarna från Belle Haven

En brud för Belle Haven(gratis förhistoria)
    Fröken Molly och kavallerimajoren
    Fröken Clara och markisen
    Fröken Annas misstag
    Fröken Eliza tar kommandot
    Fröken Charlotte ställer till det (kommer snart)
    Fröken Laura förälskar sig (kommer snart)
    Fröken Louise lägger sig i (kommer snart)

Kärlek på Gränsen

Lärarinnan och Cowboyen
    Ranchägarens Dotter och Bankägaren

Bokhandelns Skönheter (med Ebony Oaten)

Matthews Villiga Änka(gratis förhistoria)
    Estelles Eldiga Beundrare
    Maries Glada Herre
    Louises Julhjälte
    Bernadettes Stiliga Läkare

Exklusivt för nyhetsbrevsprenumeranter

St. George och Besten i Floden

Upptäck alla Shenanigans Press-utgivningar på vår webbplats(https://www.shenaniganspress .com/se) !

Eller följ oss på sociala medier – vi finns på Facebook och Instagram (@ShenanigansPressSvenska).

Och glöm inte att prenumerera på vårt nyhetsbrev för att få veta mer om nya släpp, erbjudanden, utlottningar och mycket mer!